한국 단편 문학

부모님을 위한 큰 글씨 소설

3

한국 단편 문학
부모님을 위한 큰 글씨 소설 3

발 행 | 2023년 09월 01일
저 자 | 김유정 외 4인
펴낸이 | 한건희
펴낸곳 | 주식회사 부크크
출판사등록 | 2014.07.15.(제2014-16호)
주 소 | 서울 금천구 가산디지털1로 119 SK트윈테크타워 A동 305-7호
전 화 | 1670-8316
이메일 | info@bookk.co.kr

ISBN | 979-11-410-4258-5

www.bookk.co.kr

이 책은 작가 집필 당시 국문법과 방언, 한자와 중략, 탈락한 문장을 그대로 적용했다.

한국 단편 문학

부모님을 위한

큰 글씨 소설 3

글 : 김유정 외 4인

목차

머리말

어머니, 아버지!

꽃다운 청춘을 지나 인생의 속도 80km로 달리는 팔순을 바라보시는데도 항상 자녀들이 어떻게 지내는지 걱정부터 하십니다.

부모님 세대!

한평생 자식들의 성공을 위해 삶의 전부를 희생하시고 홀연히 남은 고향에서 하루하루 지루한 시간을 보내십니다.

100세 시대!

노년 시기를 맞이한 부모님이 '소녀, 소년 시절의 추억과 평안한 시간을 보내는 방법이 없을까?' 고민하던 중 가슴 깊이 자리 잡은 〈한국 근대 단편소설〉을 만났습니다.

20세기 문학가!

일제강점기 격동의 세월 속에 희로애락(喜怒哀樂)을 겪으며 한시도 쉼 없이 일만 하시고, 이제 지나간 시간을 회상하는 설움과 한(恨)이 아닌 문학을 통해 행복, 평안, 치유 시간을 느꼈으면 하는 바람으로 '큰 글씨' 책을 출간하게 되었습니다.

'세월이 유수(流水) 같다.'

우리 속담처럼 세월이 흐르는 물과 같이 부모세대 시간도 황혼(黃昏)을 맞이했지만, 아름다운 노을처럼 행복한 삶을 보내시길 소망합니다.

삶이 조금 더 행복하고 평안하시길……

과거의 고통 속에서 살지 않으시길……

못다 한 배움에 대한 한 자, 한 자 열정으로 시집을 읽어가는 기쁨으로 채우시기를……

이러한 마음을 담아, '큰 글씨 소설'을 부모님께 선물할 수 있도록 기획했습니다.

시집을 읽으며 마음의 치유를 통해 행복한 인생, 평안한 삶을 누리시길 소망합니다.

"오늘도 부모님의 모습이 바람에 스치운다."

사랑합니다.

존경하는 ______________ 님께

사랑하는 ______________ 드림

한국
단편
소설

레디메이드 인생

채만식

一

1

"머 어데 빈자리가 있어야지."

K사장은 안락의자에 폭신 파묻힌 몸을 뒤로 벌—떡 젖히며 하품을 하듯이 시원찮게 대답을 한다. 미상불 그는 두 팔을 쭉— 내뻗고 기지개라도 한 번 쓰고 싶은 것을 겨우 참는 눈치다.

이 K사장과 둥근 탁자를 사이에 두고 공손히 마주 앉아 얼굴에는 '나는 선배인 선생님을 극히 존경하고 앙모합니다(우러러 그리워하다)' 하는 비굴한 미소를 띠고 있는 구변 없는 구변을

다하여 직업 동냥의 구걸(求乞) 문구를 기다랗게 늘어놓던 P…… P는 그러나 취직운동에 백전백패(百戰百敗)의 노졸(老卒, 늙은 병사)인지라 K씨의 힘 아니 드는 한마디의 거절에도 새삼스럽게 실망도 안 한다. 대답이 그렇게 나왔으니 이제 더 졸라도 별수가 없는 것이지만 허실삼아 한마디 더 해보는 것이다.

"글쎄올시다, 그러시다면 지금 당장 어떻게 해주십사고 무리하게 조를 수야 있겠습니까마는…… 그러면 이 담에 결원이 있다든지 하면 그때는 꼭……."

이렇게 말하고 P는 지금까지 외면하였던 얼굴을 돌리어 K사장을 조심성 있게 바라보았다. 그러나 K사장은 우선 고개를 좌우로 두어 번 흔들고는 여전히 하품 섞인 대답을 한다.

"결원이 그렇게 나나 어데…… 그러고 간혹 가

다가 결원이 난다더라도 유력한 후보자가 몇 십 명씩 밀려 있어서…….”

P는 아무 말도 아니 하고 고개를 숙였다. 이제는 영영 틀어진 것이다. 안녕히 계십시오, 하고 일어서는 것밖에는 별수가 없다.

별수가 없이 되었으니 ‘네 그렇습니까.’ 하고 선선히 일어서야 할 것이지만 지금까지 은근히 모시고 있던 태도에 비하여 그것이 너무 낯이 간지러운 표변임을 알기 때문에 실망이나 하는 체하고 잠시 더 앉아 있는 것이다.

“거 참 큰일들 났어.”

K사장은 P가 낙심해하는 것을 보고 별로 밑천이 들지 아니하는 일이라서 알뜰히 걱정을 나누어 준다.

“저렇게 좋은 청년들이 일거리가 없어서 저렇게들 애를 쓰니.”

P는 속으로 콧방귀를 '흥' 하고 뀌었으나 아무 대답도 아니 하였다. K사장은 P가 이미 더 조르지 아니하리라고 안심한지라 먼저 하품 섞어 '빈자리가 있어야지' 하던 시원찮은 태도는 버리고 그가 늘 흉중에 묻어 두었다가 청년들에게 한바탕씩 해 들려주는 훈화를 꺼낸다.

"그렇지만 내가 늘 말하는 것인데…… 저렇게 취직만 하려고 애를 쓸 게 아니야. 도회지에서 월급생활을 하려고 할 것만이 아니라 농촌으로 돌아가서……."

"농촌으로 돌아가서 무얼 합니까?"

K는 말중동(말의 중간 부분)을 갈라 불쑥 반문하였다. 그는 기왕 취직운동은 글러진 것이니 속 시원하게 시비라도 해보고 싶은 것이다.

"허! 저게 다 모르는 소리야…… 조선은 농업국이요, 농민이 전 인구의 팔 할이나 되니까 조선 문제는 즉 농촌 문제라고 볼 수가 있는데, 아 지금 농촌에서 할 일이 오죽이나 많다구?"

"저는 그 말씀 잘 못 알아듣겠는데요. 저희 같은 사람이 농촌에 가서 할 일이 있을 것 같잖습니다."

"그럴 리가 있나! 가령 응…… 저……."

K사장은 응…… 저…… 하고 더듬으면서 끝내 대답을 하지 못한다. 그것은 무리가 아니다.

그가 구직하러 오는 지식 청년들에게 농촌으로 돌아가 농촌사업을 하라는 것과(다음에 또 꺼내는 일거리를 만들라는 것은) 결코 현실에서 출발한 이론적 근거가 있는 것이 아니었었다. 그저 지식 계급의 구직 꾼이 넘치는 것을 보고 막연히 '농촌으로 돌아가라' '일을 만들어라'고 해왔을 따름이다. 따라서 거기에 대한 구체적 플랜이 있는 것도 아니었었던 것이다.

한편으로는 한 행셋거리로, 또 한편으로는 구직 꾼 격퇴의 수단으로 자룡이 헌 창 쓰듯 썼을 뿐이지.

그리하여 그 동안까지는 대개는 그 막연한 설교를 들은 성 만 성하고 물러가는 것이 그들의 행티였었는데, 오늘 이 P에게만은 그렇지가 아니하여 불가불 구체적 설명을 해주어야 하게 말머리가 돌아선 것이다. 그래서 그는 떠듬떠듬 생각해 가면서 생각나는 대로 주워섬기는 것이다.

"가령 응…… 저…… 문맹퇴치운동도 있지. 농민의 구 할은 언문도 모른단 말이야! 그리고 생활개선운동도 좋고…… 헌신적으로."

"헌신적으로요?"

"그렇지…… 할 테면 헌신적으로 해야지."

"무얼 먹고 헌신적으로 그런 사업을 합니

까……? 먹을 것이 있어서 그런 농촌사업이라도 할 신세라면 이렇게 취직을 못 해서 애를 쓰겠습니까?”

“허! 그게 안 된 생각이야…… 자기가 먹고 살 재산이 있으면서 사회를 위해서 일도 아니하고 번들번들 논다는 것은 그것은 타락된 생각이야.”

P는 K사장이 악담을 내세우는 것을 보고 속으로 싱긋 웃었다.

“그렇지만 지금 조선 농촌에서는 문맹퇴치니 생활개선이니 합네 하고 손끝이 하―얀 대학이나 전문학교 졸업생들이 몰려오는 것을 그다지 반겨하기는커녕 머릿살을 앓을 것입니다…… 농민이 우매하다든지 문화가 뒤떨어졌다든지 또 생활이 비참한 것의 근본원인이 기역 니은을 모른다든가 생활개선을 할 줄 몰라서 그런 것이 아니니까요. 그리고 조선의 지식 청년들이 모두 그런 인도주의자가 되어집니까?"

"되면 되지 안 될 건 무어야?"

"그건 인도주의란 그것이 한 개 공상이니까 그렇겠지요."

"허허…… 그러면 P군은 ××주의잔가?"

"되다가 찌부러진 찌스레깁니다. 철저한 ××주의자라면 이렇게 선생님한테 와서 취직운동도 아니 합니다."

"못써! 그렇게 과격한 사상으로 기울어서야 쓰나…… 정 농촌으로 돌아가기가 싫거든 서울서라도 몇 사람 맘 맞는 사람이 모여서 무슨 일을— 조선에 신문이 모자라니 신문을 하나 경영하든지 또 조그맣게 하자면 잡지 같은 것도 좋고 또 영리사업도 좋고…… 그러면 취직 운동하는 것보다 훨씬 낫지 않은가?"

“졸 줄이야 압니다만 누가 돈을 내 놉니까?”

“그거야 성의 있게 하면 자연 돈도 생기는 거지.”

P는 엉터리없는 수작을 더 하기가 싫어 웬만큼 말을 끊고 일어섰다.

속에 있는 말을 어느 정도까지 활활 해준 것이 시원은 하나 또 취직이 글렀구나 생각하니 입 안에서 쓴 침이 괴어 나온다.

복도에서 편집국장 C를 만났다. P는 C와 자별히 사이가 가까운 터였었다.

“사장 만나러 왔소?”

C가 묻는 것이다.

“아니.”

P는 거짓말을 하였다. 그는 지금 K사장을 만나 거절당한 이야기를 하기가 어쩐지 창피하기도 할 뿐 아니라 또 전부터 C더러 K사장에게

자기의 취직운동을 부탁해 왔던 터인데 직접 이렇게 찾아와서 만났다고 하기가 혐의쩍기도 하여 시치미를 뚝 뗀 것이다.

"아주 단념하오."

C는 자기에게 부탁한 취직운동을 단념하란 말이다. 그러면 벌써 C가 K사장에게 이야기를 하였고 그 결과 일이 틀어진 것을 P는 모르고 와서 헛노릇을 한바탕 한 것이다. P는 먼저 C를 만나 보지 아니하고 K사장을 만난 것을 후회하였다. C는 잠깐 멈췄던 말을 계속한다.

"어제 아침에 사장더러 P군의 사정이 퍽 난처하니 어떻게 생각해 봐 주면 좋겠다고 여러 말을 했다가 코떼었소. 신문사가 구제기관이 아닌데 남의 사정 난처한 것을 어떻게 하리느냐고 그럽디다…… 하기야 그게 옳은 말이지만."

신문사가 구제기관이 아니라고 한다는 그 말

이 P의 머리에는 침 끝으로 찌르는 것같이 정신이 들게 울리었다.

“흥! 망할 자식들!”

P는 혼자말로 이렇게 두덜거리며 C와 작별도 아니 하고 밖으로 나와 버렸다.

2

P는 광화문 네거리의 기념비각(紀念碑閣) 옆에서 발길을 멈추고 망설였다. 어디로 갈까 하는 것이다.

봄 하늘이 맑게 개었다. 햇볕이 살이 올라 포근히 온몸을 싸고돈다. 덕석 같은 겨울 외투를 벗어 버리고 말쑥말쑥하게 새로 지은 경쾌한 춘추복의 젊은이들이 봄볕처럼 명랑하게 오고 가고 한다.

멋쟁이로 차린 여자들의 목도리가 나비같이

보드랍게 나부낀다. 그 오동보동한 비단 다리를 바라다보노라니 P는 전에 먹던 치킨커틀릿 생각이 났다.

창을 활활 열어젖힌 전차 속의 봄 사람들을 보니 P도 전차를 잡아타고 교외나 나가고 싶었다. 그러나 크림 맛을 못 본 지 몇 달이 된 낡은 구두, 고기작거린 동복 바지, 양편 포켓이 오뉴월 쇠×알같이 축 처진 양복저고리, 땟국 묻은 와이셔츠와 배배 꼬인 넥타이, 엿장수가 2전 어치 주마던 낡은 모자, 이렇게 아래로부터 훑어 올려 보며 생각하니 교외의 산보는커녕 얼른 돌아가서 차라리 이불을 뒤쓰고 드러눕고만 싶었다.

마침 기념비각 앞에 자동차 하나가 머무르더니 서양사람 내외가 내린다. 그들은 사내가 설명을 하고 여자가 듣고 하면서 기념비각을 앞뒤로 구경한다. 여자는 사진까지 찍는다.

대원군이 만일 이 꼴을 본다면…… 이렇게 생각하매 P는 저절로 미소가 입가에 떠올랐다.

3

대원군은 한말(韓末)의 돈키호테였었다. 그는 바가지를 쓰고 벼락을 막으려 하였다. 바가지는 여지없이 부스러졌다. 역사는 조선이라는 조그마한 땅덩이나마 너무 오래 뒤떨어 뜨려 놓지 아니하였다.

갑신정변(甲申政變)[1]에 싹이 트기 시작하여 가지고 일한합방의 급격한 역사 변천을 거쳐 자유주의의 사조는 기미년에 비로소 확실한 걸음을

---

1) 갑신정변(甲申政變), 조선 고종 21년(1884)에 김옥균, 박영효 등의 개화당이 민씨 일파를 몰아내고 혁신적인 정부를 세우기 위하여 일으킨 정변. 거사 이틀 후에 민씨 등의 수구당과 청나라 군사의 반격을 받아 실패로 돌아갔다.

내어디디었다.

자유주의의 새로운 깃발을 내어 걸은 '시민(市民)'의 기세는 등등하였다.

"양반? 흥! 누구는 발이 하나길래 너희만 양발(반)이라느냐?"

"법률의 앞에서는 만인이 평등이다."

"돈…… 돈이 있으면 무어든지 할 수 있다."

신흥 부르주아지는 민주주의의 간판을 이용하여 노동자 농민의 등을 어루만지고 경제적으로 유력한 봉건귀족과 악수를 하는 동시에 지식 계급을 대량으로 주문하였다.

'유자천금이 불여교자 일권서(遺子千金 不如教子 一卷書, 자식에게 황금을 상자에 가득 준다해도 자식에게 경서(經書) 한 권을 가르치는 것만 같지 못하고, 자식에게 천금을 물려준다 해도 재주(기술) 한 가지를 가르치는 것만 못하다.)'라는 봉건시대의 진리가 자유주의의 세례를 받아 일단의 더 발전된 얼굴로 민중을 열광시켰다.

"배워라. 글을 배워라…… 지식만 있으면 누구나 양반이 되고 잘살 수가 있다."

이러한 정열의 외침이 방방곡곡에서 소스라쳐 일어났다.

신문과 잡지가 붓이 닳도록 향학열을 고취하고 피가 끓는 지사(志士)들이 향촌으로 돌아다니며 삼촌의 혀를 놀려 권학(勸學)을 부르짖었다.

"배워라. 배워야 한다. 상놈도 배우면 양반이 된다."

"가르쳐라. 논밭을 팔고 집을 팔아서라도 가르쳐라. 그나마도 못 하면 고학이라도 해야 한다."

"공자 왈 맹자 왈은 이미 시대가 늦었다. 상투

를 깎고 신학문을 배워라."

"야학을 실시하여라."

재등(齋藤) 총독이 문화정치의 간판을 내어걸고 골골이 학교를 증설하였다. 보통학교의 교장이 감발을 하고 촌으로 돌아다니며 입학을 권유하였다. 생도에게는 월사금을 받기는커녕 교과서와 학용품을 대어 주었다.

민간의 유지는 돈을 걷어 학교를 세웠다. 민립대학도 생기려다가 말았었다. 청년회에서 야학을 설시하였다. 갈돕회[2]가 생겨 갈돕만주 외우는 소리가 서울에 신 풍경을 이루었고 일반은 고학생을 존경하였다.

여학생이라는 새 숙어가 생기고 신여성이라는 새 여인이 생겨났다.

---

2) 갈돕회, 일제 강점기에 장택상 등이 가담하여 만든 고학생 자조 단체 갈돕회가 운영한 동명의 순회 극단. 근대 학생극 운동에서 중요한 역할을 하였다.

이와 같이 조선의 관민이 일치되어 민중의 지식 정도를 높이는 데 진력을 하였다. 즉 그들 관민이 일치하여 계획한 조선의 문화 정도는 급도로 높아 갔다.

그리하여 민중의 지식 보급에 애쓴 보람은 나타났다.

면서기를 공급하고 순사를 공급하고 군청 고원을 공급하고 간이 농업학교 출신의 농사 개량 기수를 공급하였다.

은행원이 생기고 회사 사원이 생겼다. 학교 교원이 생기고 교회의 목사가 생겼다.

신문 기자가 생기고 잡지 기자가 생겼다. 민중의 지식 정도가 높았으니 신문 잡지 독자가 부쩍 늘고 의사와 변호사의 벌이가 윤택하여졌다.

소설가가 원고료를 얻어먹고 미술가가 그림을 팔아먹고 음악가가 광대의 천호(賤號)에서 벗어

났다.

인쇄소와 책장사가 세월을 만나고 양복점 구둣방이 늘비하여졌다.

연애결혼에 목사님의 부수입이 생기고 문화주택을 짓느라고 청부업자가 부자가 되었다. 그리하여 부르주아지는 '가보'를 잡고, 공부한 일부의 지식 꾼은 진주(다섯 끗)를 잡았다.

그러나 노동자와 농민은 무대를 잡았다. 그들에게는 조선의 문화의 향상이나 민족적 발전이나가 도리어 무거운 짐을 지어 주었을지언정 덜어 주지는 아니하였다. 그들은 배〔梨〕주고 속 얻어먹은 셈이다.

인텔리…… 인텔리(지적 노동에 종사하는 사회계층) 중에도 아무런 손끝의 기술이 없이 대학이나 전문학교의 졸업증서 한 장을, 또는 그 조그마한 보통 상식을 가진 직업 없는 인텔리……

해마다 천여 명씩 늘어 가는 인텔리…… 뱀을 본 것은 이들 인텔리다.

부르주아지의 모든 기관이 포화상태가 되어 더 수요가 아니 되니 그들은 결국 꼬임을 받아 나무에 올라갔다가 흔들리는 셈이다. 개밥의 도토리다.

인텔리가 아니 되었으면 차라리 노동자가 되었을 것인데 인텔리인지라 그 속에는 들어갔다가도 도로 달아나오는 것이 구십구 퍼센트다. 그 나머지는 모두 어깨가 축 처진 무직 인텔리요, 무기력한 문화 예비군 속에서 푸른 한숨만 쉬는 초상집의 주인 없는 개들이다. 레디메이드 인생이다.

4

"제—길!"

P는 혼자 두덜거리며 지금까지 서 있던 기념비각 옆을 떠났다.

P는 자기 자신이고 세상의 모든 일이고 모두 짜증이 나고 원수 같았다.

광화문 큰 거리를 총독부 쪽으로 어슬어슬 걸어가노라니 그의 그림자가 짤막하게 앞에 누워 간다. P는 그 자기 그림자를 콱 밟고 싶었다. 그러나 발을 내어 디디면 그림자도 그만큼 앞으로 더 나가곤 한다. 이 그림자와 자기 자신에서, 그리고 그림자를 밟으려는 자기 자신과 앞으로 달아나는 그림자에서 P는 자기의 이중인격의 모순 상(相)을 발견하였다.

동십자각 옆에까지 온 P는 그 건너편 담배 가게 앞으로 갔다.

"담배 한 갑주시오."

하고 돈을 꺼내려니까 담배 가게 주인이,

"네, '마콥'니까?" 묻는다.

P는 담배 가게 주인을 한번 거들떠보고 다시 자기의 행색을 내려 훑어보다가 심술이 버쩍 났다. 그래서 잔돈으로 꺼내려는 것을 일부러 일 원짜리로 꺼내려는데 담배 가게 주인은 벌써 '마코' 한 갑 위에다 성냥을 받쳐 내어민다.

"해태 주어요."

P는 돈을 들이밀면서 볼먹은 소리를 질렀다. 그러나 담배 가게 주인은 그저 무신경하게 '네—' 하고는 마코를 해태로 바꾸어 주고 팔십오 전을 거슬러 준다.

P는 저편이 무렴해하지 아니하는 것이 더욱 얄미웠다.

그는 해태 한 개를 꺼내어 붙여 물고 다시 전찻길을 건너 개천가로 해서 올라갔다. 이제는 포켓 속에 남은 것이 꼭 삼 원하고 동전 몇 푼이다. 엊그제 겨울 외투를 사 원에 잡혀서 생긴 것이다.

방세와 전깃불 값이 두 달 치나 밀렸다. 삼 원은 방세 한 달 치를 주고 일 원에서 전등 삯 한 달 치를 주고도 싶었으나 그러고 나면 그 나머지로 설렁탕이나 호떡을 사먹어도 하루밖에는 못 지낸다. 그래 그대로 넣어 두고 한 이틀 지내는 동안에 1원이 거의 달아났던 판인데 공연한 객기를 부리느라고 당치도 아니한 해태를 샀기 때문에 이제는 일 원 돈은 완전히 달아나고 삼 원만 남은 것이다.

P는 포켓 속에 손을 넣고 잔돈과 지폐를 섞어 삼 원 남은 돈을 만지작거렸다. 그러면서 왼편 손으로는 손가락을 꼽아 가며 삼 원을 곱잳이 쳐보았다.

육 원 십이 원 이십사 원 사십팔 원 구십육

원 백구십이 원 팔 원 모자라는 이백 원…… 사백 원 팔백 원 일천육백 원 삼천이백 원 육천사백 원 일만 이천팔백 원. 팔백 원은 떼어 버리고 이만 사천 원 사만 팔천 원 구만 육천 원 십구만 이천 원 삼십팔만 사천 원 칠십육만 팔천 원 일백오십삼만 육천 원…….

삼 원을 열여덟 번만 곱치면 일백오십만 원이 된다. 일백오십만 원 그놈이 있으면…… 이렇게 생각하매 어깨가 으쓱해졌다.

삼 원의 열여덟 곱쟁이가 일백오십만 원이니 퍽 쉬운 것이다…… 그놈만 있으면 백만 원을 들여서 오십 전짜리 십육 페이지 신문을 하나 했으면 우선 K사장의 엉엉 우는 꼴을 볼 수가 있을 것이다.

그러나 아쉬운 대로 십오만 원만 있어도, 일만 오천 원 아니 일천오백 원만 있어도, 아니 일백

오십 원만 있어도, 십오 원만 있어도 우선 방세와 전등 삯을 주고 한 달은 살아가겠다.

P는 한숨을 내쉬었다. 한 달? 한 달만 살고 나면 그 다음은 어떻게 하나……? 그래도 몇 백 원은 있어야지, 아니 몇 천 원은 아니 몇 만 원은…….

P는 늘 하는 버릇으로 이런 터무니없는 공상을 되풀이하였다.

그는 최근 이러한 공상을 하면서부터 취직을 시들하게 여겼다.

취직이 된댔자 사오십 원이나 오륙십 원이 월급이다. 그것을 가지고 빠듯 빠듯하게 살아간들 무슨 아기자기한 재미가 있을 턱도 없는 것이다.

가령 근실히 해서 월계 저금 같은 것도 하고 집도 장만하고 여편네도 생기고 사장이나 중역

들의 눈에 들어 지위도 부장쯤으로는 올라가고, 그리하여 생활의 근거도 안정이 되고 하면 지금 같은 곤란은 당하지 아니하겠지만, 그러나 P에게는 아직도 젊은 때의 야심이 있어 그러한 고식된 안정이나 명색 없는 생활은 도리어 피하고 싶었던 것이다. 좀 더 남의 눈에 띄고 좀 더 재미있고 그리고 자유로운 생활.

물론 그는 지금이라도 누가 한 달에 삼십 원만 줄 테니 와서 일을 해달라면 마치 주린 개가 고기를 보고 덤비듯이 덮어놓고 덤벼들 것이다. 그러나 속으로는 그와 딴판으로 배포를 부리고 있는 것이다.

P가 삼청동으로 올라가느라고 건춘문 앞까지 이르렀을 때 저편에서 말쑥하게 몸치장을 한 여자 하나가 마주 내려왔다.

역시 삼청동 근처에 사는 여자인지 P와는 가

끔 마주치는 여자다.

P는 그 여자와 만날 때마다 일부러 눈여겨보지 않는 체하면서도 실상은 고비샅샅 관찰을 하였고, 그리고 속으로는 연애라도 좀 했으면 하던 터였었다. 무엇보다도 동그스름한 얼굴에 이목구비가 모두 모지지 아니하고 얼굴의 윤곽이 둥글듯이 모가 나지 아니한 것, 그래서 맘자리도 그렇게 둥글려니 하는 것이 P의 마음을 끈 것이다.

그 여자는 자주 만나는 이 협수룩한 양복쟁이 — P를 먼빛으로도 알아보았는지 처녀다운 조심스런 몸매로 길을 가로 비켜서 가까이 왔다.

P는 고개를 꼿꼿이 쳐들고 앞만 쳐다보면서도 속으로는, '저 여자가 지금 내 옆으로 다가와서 조그만 소리로 정답게 구애(求愛)를 한다면? 사뭇 들여 안긴다면……? 어쩔꼬?'

이런 생각을 하면서 히죽이 웃는데 여자는 벌써 지나쳐 버렸다.

'흥! 어쩌긴 무얼 어째……? 이년아, 일없다는데 왜 이래! 하고 발길로 칵 차 내던지지.' 하고 P는 어깨를 으쓱하였다.

삼청동 꼭대기에 있는 집— 집이 아니라 사글세로 든 행랑방—에 돌아왔다. 객지에 혼자 있으니 웬만하면 하숙에 있을 것이로되 방값이 밀리고 그것에 졸릴 것이 무서워 P는 방을 얻어 가지고 있던 것이다.

먹는 것이야 수중에 돈이 있는 데에 따라 호떡도 설렁탕도 백화점의 런치도, 그렇지 않고 몇 끼씩 굶기도 하여 대중이 없었다.

볕 구경을 잘 못 해서 겨울에도 곰팡이가 슬고 이불을 며칠씩 그대로 펴두는 방바닥에서는 먼지가 풀신풀신 올랐다.

하도 어설퍼 앉으려고도 아니 하고 방 가운데 우두커니 서서 있노라니까 안방 문 여닫는 소리가 들리며 주인 노파가 나와서 캑 하고 기침을 한다. P는 또 방세 졸릴 일이 아득하였다.

그러나 노파는 방세보다도 우선 편지 한 장을 들이밀어 준다. 고향의 형에게서 온 것이다.

편지를 뜯어 읽고 난 P는 말가웃[3]이나 되게 한숨을 푸— 내쉬었다. 그리고는 편지를 박박 찢어 버렸다.

5

편지의 요건은 P의 아들에 관한 것이다.

P에게는 연전에 갈린 아내와의 사이에 생긴 창선이라는 아들이 있다. 금년에 아홉 살이다.

아내와 갈릴 때에 저편에서 다만 어린애만이

---

3) 말가웃, 한 말 반쯤의 분량.

라도 주었으면 그것을 데리고 길러 가는 재미로 혼자 사는 세상에 낙을 붙이겠다고 사정하였다. 그리고 적어도 중학까지는 마치게 하겠다는 것이었다.

그렇게 했으면 P도 한 짐을 덜었을 것이다. 그러나 그는 듣지 아니하였다.

어릴 적부터 소박데기 어미의 손에서 아비의 원망과 푸념을 들어가면서 자란 자식은 자란 뒤에 그 아비에게 호감을 가지지 못한다. P는 자식을 꼭 찾고 싶은 것은 아니나 아무튼 장성하면 아비라고 찾아올 터인데 그때에 P는 이미 늙고 자식은 팔팔하게 젊은 놈이 옛날에 제 어미를 소박한 아비라서 아니꼽게 군다면 그것은 차마 못 당할 노릇이다.

이러한 생각으로 P는 창선이를 내주지 아니한 것이다. 그러나 빼앗아 놓고 보니 이제 겨우 네

댓 살밖에 아니 먹은 것을 자기 손으로 어찌할 수가 없다. 그리하여 할 수 없이 어렵사리 지내는 그 형에게 맡겨 놓고 다시 서울로 올라온 것이다. 보통학교에 다닐 나이가 되면 서울로 데려오겠다고 해두고.

P의 형은 작년에 조카를 보통학교에 입학시켰다. 그러나 극빈 축에 드는 집안인지라 몇 푼 아니 되는 월사금과 학비를 대지 못하여 중도에 퇴학시켰다. 애초에 입학시킬 상의로 P에게 편지를 했을 때에 P는 공부 같은 것은 시켜 봤자 소용이 없으니 차라리 뼈가 보드라운 때부터 생일〔勞動〕을 시키라고 하였다. P의 형은 그러나 백부(伯父)의 도리로나 집안의 체면으로나 창선이를 생일을 시킬 수가 없었다. 차라리 자기 손에 두어 헐벗기고 헐 입히면서 공부도 시키지 못하느니 제 아비인 P더러 데려가라고 작년부

터 편지를 하던 터이다.

금년도 입학 시기가 당하매 P의 형은 P에게 누차 편지를 하였다. 금년에 입학을 시키지 못하면 명년에는 학령이 초과되어 들여 주지 아니할 것이니 어서 데려다가 공부를 시키라는 것이다.

그 어린것이 굶기를 먹듯 하고 재주는 있으면서 남의 집 아이들이 학교에 다니는 것을 부러워하는 꼴은 차마 애처로워 볼 수가 없다. 차라리 이 꼴 저 꼴 보지 않는 것이 속이나 편하겠다.

이번 편지에는 이러한 구절이 있고 끝에 가서,

여비가 몇 원 변통되면 차를 태우고 전보를 칠 테니 정거장에 나와 데려가거라. 나도 웬만하면 객지에 혼자 있는 너에게 어린 자식을 떠맡기듯이 보내겠느냐마는 잘못하다가 그것을 굶겨 죽이겠기에 생각다 못해 단행하는 것이다.

이러한 말이 씌어 있었다.

P는 박박 찢은 편지를 돌돌 뭉쳐 방구석에 내던지고 한숨을 푸— 내쉬었다.

이제는 자식을 데리고 있기가 피할 수 없이 되었는데, 어떻게 했으면 좋을까 하는 것이다. 그는 형이 원망스럽고 아니꼬웠다.

굳이 제 아비를 따라 보낸다는 것이 아니라 부득부득 공부를 시키려는 것 때문이다. 기왕 서울로 보내나 시골서 데리고 있으나 고생시키기는 일반이니 차라리 시골서 일찍부터 생일이나 시켰으면 P에게는 여러 가지로 좋을 것이었다.

"흥! 체면! 공부! 죽여도 인텔리는 만들잖는다."

P는 혼자 이렇게 두덜거렸다.

"집에서 온 편지유? 무슨 걱정이 생겼수?"

말거리를 찾지 못하여 머뭇거리고 섰던 안방 노인이 동정이나 하는 듯이 이렇게 묻는다.

"아니오."

P는 마지못해 코대답을 하였다.

"필경 무슨 걱정이 생긴 게구려!"

노인은 자기의 말거리를 만들려고 아니라는데도 이렇게 걱정을 내어놓는다.

"그게 모다 가난한 탓이지…… 저렇게 젊고 똑똑한 이가 저게 모다 가난한 탓이야! 어데 구실〔職業, 취업〕자리 말한다더니 아직 아니 됐수?"

"네 , 아직……."

"거 큰일 났구려! 어서 돼야 할 텐데…… 나도 꼭 죽겠수…… 이 늙은 것이……! 돈 좀 마련되잖았수?"

"네, 아직 좀……."

"저걸 어쩌나! 오늘은 물 값이야 전깃불 값이야 사뭇 받으러 달려들 텐데!"

"며 칠만 더 미루십시오. 설마하니 마나님이야 아니 드리겠습니까……."

"아무렴! 실수야 없을 줄 알지만 내가 하도 옹색하니깐 그러는 거지……."

P는 노인이 지껄이게 두어 두고 혼자 생각하였다. 전에 아는 집에서 셋방을 얻어 들었을 때에는 두 달이고 석 달이고 세가 밀려도 조르는 법이 없었다.

밀려도 조르지 아니하는 아는 집…… 이것이 P는 도리어 미안해서 이곳으로 옮겨 온 것이다. 옮겨 와가지고 막상 졸림질을 당하니 미안해도 졸리지는 아니하던 옛 집이 그리워지는 것이다.

노인이 문을 가로막고 서서 수다스런 소리로 더 지껄이려고 하는데 마침 P의 동무 M과 H가 찾아왔다.

"어데 나가나?"

M이 그러잖아도 벌름한 코를 한 번 더 벌름하고 사이 벌어진 앞니를 내어 보이며 싱끗 웃는다.

몸집은 M과 같이 통통하지만 키가 작아 M의 뒤에 가려 섰던 H가 옆으로 나서며,

"안녕합지요."

하고 인사를 한다.

P는 싱끗이 웃었다. 이 M과 H는 같은 하숙에 있는데 두 사람은 곧잘 같이 돌아다닌다. 같이 가는 것을 나란히 세워 놓고 보면 하나는 키가 커서 우뚝하고 하나는 키가 작아서 납작 붙어 가는 것 같다.

얼굴도 M은 우둘부둘한 게 정객 타입으로 생겼고— 잘못하면 복싱 링에 내세워도 좋겠고—

H는 안존한 게 사무원 타입이다.

일상의 언행을 보아도 H는 무슨 이야기가 자기 전문인 법률에 관한 것에 다다르면 육법전서의 조목을 따르르 외우면서 이러고저러고 하다고 설명을 하고, M은 동경서 학생 ××에 제휴를 했던 만큼, 그리고 전문이 정경과인만큼 좌익 진영에서 쓰는 어투가 그대로 나온다.

"여전히 모다 동색(冬色)이 창연하군!"

P는 두 사람의 특특한 겨울 양복을 보고, 그리고 자기의 행색을 내려 보며 웃었다.

M이 신을 벗고 들어와 먼지 앉은 책상 위에 걸터앉으며,

"춘래불사춘[4]일세."

하고 한마디 외운다. H도 따라 들어와 한편에

4) 춘래불사춘(春來不似春), 봄이 왔지만 봄 같지 않다는 뜻으로, 어떤 처지나 상황이 때에 맞지 않음을 이르는 말.

앉으며 한마디 한다.

"아직 괜찮아…… 거리에서 보니까 동복 입은 사람이 많데……."

"괜찮기는 무어 괜찮아…… 우리가 길로 돌아다니니까 사방에서 아이구 아야! 소리가 들리데."

"왜?"

"봄이 발밑에서 짓밟히느라고."

"하하하하."

세 사람은 소리를 내어 웃었다.

"참 시험 본 것 어떻게 되었소?"

P는 H가 일전에 총독부에서 본 고원 채용 시험을 생각하고 물어 보았다.

"말두 마시우…… 이제는 꼭 들어앉아 공부나 해갖고 변호사 시험이나 치겠소."

사람이 별로 변통성도 없고 그렇다고 여기저

기 반연도 없어 취직이 여의하게 되지 못하는 것을 볼 때에 P는 가엾은 생각이 늘 들곤 하였다.

“가만있게…… 어서 변호사 시험만 패스하게. 그러면 이제 내가 백만 원짜리 주식회사를 조직해 가지고 자네를 법률 고문으로 모셔 옴세.”

이것은 M이 늘 농담 삼아 하는 농담이다. M도 일 년 동안이나 취직 운동을 하면서 지냈건만 그는 되레 배포가 유하다. 조금 더 재빠르게 했으면 M은 벌써 취직이 되었을는지도 모르나 그는 타고난 배포와 그리고 남에게 아유구용을 하기 싫어하는 성질로 말하자면 취직 전선의 낙오자다.

별로 만나야 할 일도 없다. 그러나 제각기 혼자 있으면 우울해지니까 이렇게 서로 찾으며 자주 만나게 된다.

만나 앉아서 이야기라도 지껄이면 그 동안만은 명랑하여진다. 지금 서울 안에 P니 M이니 H니와 매일 만나 하는 일 없이 돌아다니고 주머니 구석에 돈푼 있으면 서로 털어 선술 잔이나 먹고 하는 룸펜의 패가 수없이 많다.

무어나 일을 맡겼으면 불이 번쩍 일게 해낼 팔팔한 젊은 사람들이다. 그렇건만 그들은 몸을 비비 꼬고 있다.

아무 데도 용납지 못하는 사람들이다. ××적 ××에서 그들을 불러들이기에는 ××적 ××의 주관적 정세가 너무도 미약하다. 그것은 그들의 몇 부분이 동경서 학생으로 있을 시절에는 그 속에서 활발하게 ××을 계속하던 것이 조선에 나오면서 탈리되는 것으로 보아 그러한 해석을 내리지 아니할 수가 없다.

그렇다고 부르주아의 기성 문화기관에 들어가

자니 그곳에서는 수요를 찾지 아니한다. 레디메이드로 된 존재들이니 아무 때라도 저편에서 필요해야만 몇씩 사들여 간다.

M이 마코를 꺼내 놓고 붙여 문다. P는 포켓 속에 들어 있는 해태를 차마 내놓기가 낯이 따가워 M의 마코를 집어 당겼다.

P는 설명을 시작한다. P 자신 그러한 장난 비슷한 공상은 하면서 일단 해보라고 하면 주저할 것이지만 어쨌거나 그랬으면 통쾌하리라는 것이다.

"먼저 경무국에 들어가서 아주 까놓고 이야기를 한단 말이야. 우리가 지금 대상으로 하는 것은 총독부가 아니라 조선의 소위 민간인 측 유지들이니까 간섭을 말아 달라고."

"그러면 관허(官許) '메이데이'[5]로구만."

---

5) 메이데이(May Day), 매년 5월 1일에 여는 국제적 노동제.

"그래 관허도 좋아…… 그래 가지고는 기에다 가는 무어라고 쓰느냐 하면 '우리에게 향학열을 고취한 놈이 누구냐?' ……어때?"

"조—치!"

"인텔리에게 직업을 대라…… 이렇게 노래를 지어 부르거든."

"응…… 유지와 명사의 가면을 박탈시키라고…… 한 몇 십 명이 그렇게 데모를 한단 말이야! 하하하하."

M은 이렇게 웃고 H는 시원찮게 핀잔을 준다.

"드끄럽소, 여보…… 아 글쎄 멀끔멀끔한 양복쟁이들이 종로 네거리로 기를 받고 그렇게 다녀봐! 애들이 와서 나 광고지 한 장 주, 하잖나."

"하하하하."

"허허허허."

창 밖에서 냉이장수가 싸구려 소리를 외치고

지나간다. M이 그에 응하여,

"이크! 봄을 덤핑하는구나!"

"흥, 경제학자라 다르군…… 참 우리 하숙에서는 채소를 좀 메겨 주어야지!"

"밥값을 잘 내보지."

"그도 그렇지만."

"나는 석 달 치 밀렸네."

"나도 그렇게 될 걸."

"그러니까 나처럼 이렇게 아파트 생활을 해요."

이것은 P의 말이다. 아파트라고 말해 놓고도 서글퍼서 허허 웃었다.

"조선식 아파트! 그렇지만 우리가 아파트 생활을 했다면 아마 두어 달 전에 굶어 죽었을걸."

"나는 돈을 보면 초면 인사를 해야 되겠네…… 본 지가 하도 오래라서 낯을 잊었어."

“여보게.” 하고 M이 의젓하게 H를 달군다.

“돈 구경한 지 오래 됐다지?”

“응.”

“좋은 수가 있네.”

“뭔?”

“자네 책 좀 삼사(三四) 구락부에 보내세.”

“싫으이.”

“자네 돈 구경하고…… 구경하고 나서 그놈으로 한잔 먹고…… 한잔 말이 났으니 말이지 요즘 같으면 술이나 실컷 먹고 주정이라도 했으면 속이 시원하겠네.”

“그러니까 말이야…… 가세. 가서 다섯 권만 잡혀.”

“일없다.”

“내가 찾아 주지.”

“흥.”

"정말이야."

"싫어."

6

그날 밤.

P와 M은 H를 졸라 그의 법률 책을 잡혀 돈 육 원을 만들어 가지고 나섰다.

선술집에 가서 엔간히 취하도록 먹은 뒤에 C라는 카페에 가서 술 두 병을 놓고 자정이 되도록 노닥거렸다.

그곳에서 나올 때는 육 원 돈이 이 원 남았다. 이 원의 처치를 생각하던 세 사람은 일제히 동관으로 가기로 하였다.

세 사람이 모두 다리가 비틀거렸다. 그 중에도 P는 더욱 취하였다.

늴리리 가락으로 들어박힌 갈봇집(사창가).

다 쓰러져 가는 초가집을 세 사람이 아는 집 들어서듯이 쑥쑥 들어서니,

"들어옵시오."

"어서 옵시오."

라고 머리 땋은 계집애와 배가 북통같은 애밴 계집이 마루로 나선다.

P가 무심결에 해태갑을 꺼내어 붙여 무니까 머리 땋은 계집애가 P의 목을 얼싸안고 볼에다 입을 쪽 맞추더니,

"나도 하나."

하고 손을 벌린다. P는 기가 막혀 담뱃갑을 내미는데 H와 M은 박수를 하며,

"부라보!"

하고 굉장하게 큰 소리로 외친다.

건넌방에 들어가 앉으니 마루에서 따그락따그락 소리가 난다.

배부른 계집은 푸대접을 받고 머리 땋은 계집애가 H와 M의 손으로 옮겨 다니면서 주물린다. 깩깩 소리를 지르고 엄살을 한다. 말을 붙이고 대답을 주고받고 하는 것이 H와 M은 전에 한번 와본 집인 듯하다.

술상이 들어왔다.

잔은 사발만한데 술 주전자는 눈알만하다. 술을 부어 놓으니 M이 척 받아 놓고는 노래를 투정한다. 계집애는 그보다 더 약아 제가 그 술을 쪽 들이마시고는 빈 잔만 M의 입에 대어 준다.

P는 개숫물같이 밍밍한 술을 두어 잔 받아먹는 동안에 비위가 콱 거슬려서 진정하느라고 드러누웠다.

H가 계집애를 무릎에 올려놓고 신이 나게 노래를 부른다. 물론 고저도 장단도 맞지 아니하는 노래다.

M이 애 밴 계집을 실컷 시달려 주다가 머리 땋은 계집애를 빼앗아 가더니 귀에 대고 무어라고 속삭거린다. 그러면서 둘이서 연해 P를 건너다보며 싱긋벙긋 웃는다.

조금 있다가 계집애가 P에게로 오더니 귀에다 입을 대고 속삭인다.

"저이가 나더러 당신하고 오늘 저녁…… 응 어때?"

"그래라."

P는 불쑥 성난 것처럼 대답했다.

"아이! 싱거워!"

계집애는 P를 한번 꼬집어 주고 다시 M에게로 달아났다.

M에게로 가서 또 무어라고 속삭거리더니 재차 와가지고는 귓속말을 한다.

"자고 가, 응."

“그래 글쎄.”

“꼭.”

“응.”

“정말.”

“응.”

술은 네 주전자가 들어왔는데 세 사람 손님은 두서너 잔씩밖에 아니 먹었다. 그 나머지는 다 저희가 먹었다. 계집애가 술이 곤죽아 되게 취해 가지고 해롱해롱 까분다.

술값을 치르는 것을 보고 P도 따라 일어섰다. M이 몸뚱이로 슬쩍 밀어서 방 안으로 들여보내고 뒤에서 계집애가 양복 뒷깃을 잡아당긴다.

“그래라, 자고 간다.”

P는 방 가운데 벌떡 드러누웠다.

“너희 집이 어디냐?”

계집애가 옆에 와서 앉는 것을 보고 P가 물었

다.

"××도 ××."

"언제 왔니?"

"작년에."

P는 몸을 일으켰다. 또 속이 왈칵 뒤집혀 좀 더 진정하려고 하는 생각인데 계집애가 콱 밀어뜨린다.

"나이 몇 살이냐?"

"열여덟."

"부모는?"

"부모가 있으면 여기서 이 짓을 해?"

"왜 이 짓이 나쁘냐?"

"흥…… 나도 사람이야."

"에—꾸! 나는 네가 신선인 줄 알았더니 인제 알고 보니까 사람이로구나!"

"드끄러!"

계집애는 눈을 쭉 흘기고는 갑자기 웃으면서 P의 목을 그러안는다.

"자고 가, 응."

"우리 마누라한테 볼기 맞고 쫓겨난다."

"그러면 나한테 와서 나하고 살지⋯⋯ 여기 내 빗 팔십 원만 물어 주면⋯⋯."

"팔십 원이냐?"

"응."

"가겠다."

P가 또 일어나려는 것을 계집이 껴안고 놓지 아니한다.

"자고 가⋯⋯ 내가 반했어."

"아서라."

"정말!"

"놓아."

"아니야, 안 놓아. 자고 가요, 응⋯⋯ 자고⋯⋯

나 돈 좀 주어."

"돈? 내가 돈이 있어 보이니?"

"돈 소리가 절렁절렁 나는데?"

미상불 P의 포켓 속에서는 아까부터 잔돈 소리가 가끔 잘랑거렸다.

"자고 나 돈 조—꼼 주고 가, 응."

"얼마나?"

"암만도 좋아…… 오십 전도, 아니 이십 전도."

계집애의 말이 떨어지기도 전에 P는 불에 덴 것같이 벌떡 일어섰다. 일어서면서 그는 포켓 속에 손을 넣어 있는 대로 돈을 움켜쥐어 방바닥에 홱 내던졌다. 일 원짜리 지전 두 장과 백동전이 방바닥에 요란스럽게 흐트러진다.

"아따 돈!"

해 던지고는 P는 뛰어나왔다. 그의 눈에는 눈

물이 괴었다.

7

P는 정조(貞操)적으로 순진한 사나이가 아니다. 열네 살 때에 소꿉질 같은 장가를 갔고 그 뒤 동경 가서 있을 동안에 거기 여자와 살림도 하였다.

조선에 돌아와 직업을 가지고 있는 사이에 기생과 사귀어 한동안 죽을 동 살 동 모르게 지내기도 하였다.

그 밖에도 정을 두어 지낸 여자가 두엇 더 있다. 그러나 삼십이 되도록 지금까지 유곽을 가거나 은근짜 집을 가거나 동관의 색주가 집에 가서 잠자리를 한 일은 없다.

그것은 P의 괴벽이다. 어떠한 여자를 막론하고 그가 정이 들지 아니한 여자면 절대로 관계를 아니 한다는 것이다.

그 대신 한번 P의 눈에 들면 따라서 정이 들면 아무것도 돌아보지 아니하고 심각한 열정에 맡기어 완전히 그 여자를 움켜쥐어 버리며 또한 그 여자에게 전부를 내주어 버린다. 그리하여 그는 늘 '올 오어 너싱(All or nothing)'을 말한다.

이것이 처세상 퍽 이롭지 못한 것을 P도 잘 안다. 또 공연한 승벽이요 고집인 줄 알건만 그는 그것을 고치지 못한다.

이날 밤에도 그는 그 계집애를 조금도 어떻게 하겠다는 생각은 나지 아니하였다.

술 취한 끝에 속이 괴로우니까 진정을 하자는 판인데 '오십 전 아니 이십 전도 좋아' 하는 소리에 버쩍 흥분이 된 것이다.

너무도 인간이 단작스럽고 악착스러운 것 같

았다. P가 노상 보고 듣는 세상이 돈을 중간에 놓고 악착스럽게 아등바등하는 것임을 모르는 바는 아니나 정조 대가로 일금 이십 전을 요구하는 것은 처음 보았다.

P는 그러한 여자가 정조를 파는 데 무신경한 것도 잘 알고 있으며, 따라서 그것이 비도덕이니 어쩌니 하는 것도 아니다.

그의 관점과 해석은 그런 것보다 더 나아간 입장에 있었다.

그러나 '이십 전만 주어도' 소리에는 이것저것 생각하고 헤아릴 나위도 없었다. 더럽고 얄미우면서 그러면서도 눈물이 괴었다. 삼 원쯤 되는 전 재산을 털어 내던지고 정신없이 뛰어나온 것이다.

술 취한 P를 혼자 남겨 둔 H와 M은 골목에 기다리고 서서 있었다. P가 뛰어나오는 것을 보고 그들은 우선 농을 건넨다.

"한턱 하오."

"장가간 턱 하게."

P는 고개를 흔들었다. 그리고 멍하니 서서 생각을 하였다.

다분의 가면 밑에서 꿈틀거리는 인도주의에 몹시 증오를 느끼는 P는 이날 밤 자기의 행동을 어떻게 해석할지 몰라 괴로워하였다.

내일을 굶어야 할 그 돈이지만 돈이 아까운 것이 아니다. 정조 값으로 이십 전을 주어도 좋다는데 왜 정조는 퇴하고 돈만 있는 대로 다 떨어 주었는가? 왜 눈에 눈물은 괴었는가?

8

P는 머리가 띵하고 속이 뉘엿거리어 정신을 차릴 수가 없었다. 그는 두 친구에게 인사도 변

변히 하지 아니하고 코를 벤 듯이 삼청동으로 올라왔다. 어서 바삐 좀 드러눕고만 싶었던 것이다.

아무리 방구들은 차고 지저분하게 늘어놓았어도 제 처소는 반가운 것이다. 더구나 몸이 괴로울 때는!

P는 누더기 양복이나마 벗으려고도 아니 하고 그대로 펴두었던 이부자리 속에 몸을 파묻었다. 드러누우니 취기가 새삼스레 더하여 영영 옷 벗을 생각도 잊어버리고 그대로 잠이 들었다.

얼마를 자고 났는지 괴로워 부대끼다 못하여 잠이 깨었을 때는 목이 타는 듯이 말랐다.

물은 없다. 물이 없어 못 먹는다고 생각하니 목은 더 말랐다.

밤은 어느 때나 되었는지 짐작할 수가 없다. 전등은 그대로 켜져 있다. 밖에서는 사람 지나

다니는 발자국 소리도 들리지 아니한다. 전차 갈리는 소리도 들리지 아니하고 가끔가다가 자동차의 경적이 딴 세상의 소리같이 감감하게 들려온다.

밤이 깊지 아니했으면 잠긴 안대문을 두드려 주인 노인에게라도 물을 청하겠지만, 이 깊은 밤에 그리하기도 미안하다. 그것도 방세나 여일하게 내었을 세 말이지 얼굴 대하기를 이편에서 피하는 판에 차마 못 할 일이다.

물지게장수의 빠득거리는 소리가 들리나 하고 귀를 기울였으나 감감히 소리가 없다.

목은 더욱더욱 말라들어 온다. 입술이 바싹 마르고 입 안이 침기가 없고 목구멍이 바삭바삭 소리가 날듯이 마르고, 그리고는 창자 속까지 말라 내려가는 듯하다.

방금 미칠 듯하다.

눈앞에 용용하게 흘러가는 푸른 한강이 어릿어릿하고 쏴— 쏟아지는 수통 꼭지가 보이는 듯하다.

P는 배고픈 고비는 많이 겪어 보았으나 이토록 목마른 참은 당하기 처음이다.

배는 고프면 기운이 없고 착 가라앉을 뿐이었지만 목이 극도로 마름에는 금시 미치고 후덕후덕 날뛸 것 같다.

일어나서 삼청동 꼭대기로 올라가면 산골짜기의 물도 있고 또 우물도 있기는 하다. 그러나 이 어두운 밤에 어디가 어딘지 보이지 아니할 테고 또 우물에는 두레박도 없을 것이다.

겨우겨우 참아 가며 몇 시간을 삐대었다. 실상 한 시간도 못 되는 동안이지만 P에게는 여러 시간인 듯만 싶었다.

그런 뒤에 겨우 물지게 소리를 듣고 그는 수

통 있는 곳을 찾아 뛰어나갔다.

사정 이야기도 변변히 하지 아니하고 쏟아지는 수통 꼭지에 매어달려 한 동이는 되리시피 냉수를 들이켰다. 물장수가 어이가 없어 멀끔히 쳐다보고만 있다가 P의 꾸벅 하고 돌아서는 등 뒤에다 혀를 끌끌 찬다.

밥보다도 더 다급하게 그립던 물을 실컷 들이켜고 나니 찌뿌듯하게 엉킨 듯 불쾌하던 취기(醉氣)도 적이 걷히고 정신이 말쑥하여졌다.

P는 새삼스럽게 양복을 벗어 던지고 다시 자리에 파묻혔다. 이제는 잠이 십 리나 달아나고 눈이 초롱초롱하여진다. 그러면서 어젯밤 일이 머리에 떠오른다.

그것은 마치 못 먹을 것을 먹은 것처럼 께름칙한 기억이다. 아무렇게나 씻어 넘겨 버릴지라도, 그러나 머리 한구석에 박혀 가지고 사라지려 하지 아니하는 어룽〔班點〕과 같다. 어떻게 해서라도 시원스러운 해석을 내리고서야 마음이 놓일 것 같다.

정조 대가로 일금 이십 전을 부르는 여자…….

방금 세상에는 한번 정조를 빼앗긴 것으로 목숨을 버려 자살하는 여자가 있다. 그러는 한편 '이십 전도 좋소' 하는 여자가 있다.

여자의 정조가 그것을 잃었다고 자살을 하도록 그다지도 고귀한 것이라면 '이십 전에도 팔겠소' 하는 여자가 눈을 멀끔멀끔 뜨고 살아 있는 사실은 무엇으로 설명할 것인가?

또 정조를 '이십 전에도 팔겠소' 하는 여자가 있도록 그것이 아무렇지도 아니한 것이라면 그것을 한번 빼앗긴 때문에 생명을 내버리는 여자가 있는 것은 무엇으로 설명할 것인가?

이 두 여자가 모두 건전한 양심의 소유자라고

볼 수는 없다.

그러나 그 가운데 나무라기로 들면 차라리 정조를 빼앗긴 것으로 자살한 여자를 나무랄 것이지 '이십 전에 팔겠소' 하는 여자는 나무랄 수가 없다.

열여섯 살부터 시작하여 이래 삼 년이나 색주가 집으로 굴러다니는 여자다.

언제 누구에게 뒤떨어진 도덕관념이나 정당한 인생관을 얻어들은 적이 없을 것이다.

술잔을 들고 앉아 한 잔이라도 오는 손님에게 더 먹여 한 푼 어치라도 주인의 수입을 도와주면 칭찬이 오니 그만이다.

"고년 어여쁘다. 나하고 ××."

하고 손님이 말하면 그에 좇아 비록 조발(早發)일지언정 생리적 만족을 얻는 한편 그야말로 단돈 이십 전이라도 벌면 그만이다.

옆에서 그것을 시키기는 할지언정 그것이 나쁘다고 가르쳐 주는 사람이 있을 턱이 없는 것이다. 사실 일반 매춘부가 정조 적으로 양심을 가진 듯이 보인다는 것은 그 대부분이 되레 한 가식(假飾)에 지나지 못하는 것이다.

그것은 그들에게 있어서 일종의 정당성을 가진 노동인 것이다.

그러니까 그것을 보고 불쌍하다고 여기고 동정을 하는 것은 위문이 폐문이다.

지금 세상은 정당한 성도덕(性道德)이 서 있는 때도 아니다.

그것은 한 세대에 여러 가지의 시대사조가 헝클어져 있는 때문이다. 그러니까 여자의 정조에 대하여도 일률적으로 선악과 시비를 가릴 수는 없는 것이다.

하룻밤 몸값을 '이십 전도 좋소' 하는 여자,

그에게는 다른 사람이 갖는 성도덕도 없고 따라서 자신을 타락이라서 슬퍼하지도 아니한다.

그 여자 자신을 나무랄 필요도 없는 것이요, 동정을 할 며리도 없는 것이다. 그 여자 자신은 결코 불쌍한 사람이 아니다.

예수의 사랑(?)도 아무리 그 사랑이 크고 넓다 했을지언정 그것은 '불쌍한 사람', '죄 지은 사람'에게 미칠 수 있는 것이다.

'불쌍하지 아니한', '죄 짓지 아니한' 동관의 색주가 계집애에게는 누구의 동정이나 사랑도 일없는 것이다.

"뭣? 관념적이라고?"

그렇다. 관념적이라도 할 수 없다. 그러나 그것은 그 여자의 주관을 객관화한 것이다. 그러니까 그것은 한 엄연한 현실이다.

또 그 병적 현실에 메스를 대는 것은 집단의

역사적 문제이지만 룸펜 인텔리의 결벽과 흥분쯤으로는 문제도 되지 아니한다.

다만 취객이 삼 원 각수를 던져 주었음으로 해서 그 여자는 감격 없는 기쁨을 맛보았을 뿐일 것이다.

"이게 웬 떡이냐…… 어제 저녁에 꿈이 괜찮더니 이런 땡을 잡을 양으로 그랬구나…… 웬 얼간망둥이냐."

그 계집애는 응당 그렇게밖에는 더 생각되지 아니하였을 것이다. 그것이 결코 무리가 없는 당연한 일이다.

P는 여기까지 생각하고 입맛 쓴 고소를 띠었다.

"흥! 되지 못하게…… 장님이 눈병 앓는 사람더러 불쌍하다고 한 셈인가."

P는 돌아누우면서 혀를 끌끌 찼다.

9

일천구백삼십사 년의 이 세상에도 기적이 있다.

그것은 P가 굶어 죽지 아니한 것이다. 그는 최근 일주일 동안 돈이 생긴 데가 없다. 잡힐 것도 없었고 어디서 벌이를 한 적도 없다.

그렇다고 남의 집 문 앞에 가서 밥 한술 주시오 하고 구걸한 일도 없고 남의 것을 훔치지도 아니하였다.

그러나 그 동안 굶어 죽지 아니하였다. 야위기는 하였지만 그래도 멀쩡하게 살아 있다. P와 같은 인생이 이 세상에 하나도 없이 싹 치운다면 근로하는 사람이 조금은 편해질는지도 모른다.

P가 소부르주아 축에 끼이는 인텔리가 아니요 노동자였더라면 그 동안 거지가 되었거나 비상

수단을 썼을 것이다. 그러나 그에게는 그러한 용기도 없다. 그러면서도 죽지 아니하고 살아 있다. 그렇지만 죽기보다도 더 귀찮은 일은 그를 잠시도 해방시켜 주지 아니한다.

그의 아들 창선이를 올려 보낸다고 어제 편지가 왔고 오늘은 내일 아침에 경성 역에 당도한다는 전보까지 왔다.

오정 때 전보를 받은 P는 갑자기 정신이 난 듯이 쩔쩔매고 돌아다니며 돈 마련을 하였다. 최소한도 이십 원은…… 하고 돌아다닌 것이 석양 때 겨우 십오 원이 변통되었다.

종로에서 풍로니 냄비니 양재기니 숟갈이니 무어니 해서 살림 나부랭이를 간단하게 장만하여 가지고 올라오는 길에 전에 잡지사에 있을 때 안 ××인쇄소의 문선 과장을 찾아갔다.

월급도 일없고 다만 일만 가르쳐 주면 그만이

니 어린아이 하나를 써달라고 졸라 대었다.

A라는 그 문선 과장은 요리조리 칭탈을 하던 끝에— 그는 P가 누구 친한 사람의 집 어린애를 천거하는 줄 알았던 것이다.

"보통학교나 마쳤나요?"

하고 물었다.

"아—니오."

P는 솔직하게 대답하였다.

"나이 몇인데?"

"아홉 살."

"아홉 살?"

A는 놀라 반문을 하는 것이다.

"기왕 일을 배울 테면 아주 어려서부터 배워야지요."

"그래도 너무 어려서 원…… 뉘 집 애요?"

"내 자식 놈이랍니다."

P는 그래도 약간 얼굴이 붉어짐을 깨달았다. A는 이 말에 가장 놀라운 일을 보겠다는 듯이 입만 벌리고 한참이나 P를 물끄러미 바라다본다.

"왜? 내 자식이라고 공장에 못 보내란 법 있답디까?"

"아—니, 정말 그래요?"

"정말 아니고?"

"괜히 실없는 소리……! 자제라고 해야 들어줄 테니까 그러시지?"

"아니, 그건 그렇잖아요. 내 자식놈야요."

"그럼 왜 공부를 시키잖구?"

"인쇄소 일 배우는 것도 공부지."

"그건 그렇지만 학교에 보내야지."

"학교에 보낼 처지도 못 되고 또 보낸댔자 사람 구실도 못 할 테니까……."

"거 참 모를 일이오…… 우리 같은 놈은 이 짓을 해가면서도 자식을 공부시키느라고 애를 쓰는데 되레 공부시킬 줄 아는 양반이 보통학교도 아니 마친 자제를 공장엘 보내요?"

"내가 학교 공부를 해본 나머지 그게 못쓰겠으니까 자식은 딴 공부를 시키겠다는 것이지요."

"글쎄 정 그러시다면 내가 내 자식 진배없이 잘 데리고 있으면서 일이나 착실히 가르쳐 드리리다마는…… 원 너무 어린데 애처롭잖아요?"

"애차라운 거야 애비 된 내가 더하지요만 그것이 제게는 약이니까……."

P는 당부와 치하를 하고 인쇄소를 나왔다. 한 짐 벗어 놓은 것같이 몸이 거뜬하고 마음이 느긋하였다.

그는 집으로 올라가는 길에 싸전에 쌀 한 말

을 부탁하고 호배추도 몇 통 사들였다. 그렁저렁 오 원을 썼다.

십 원 남은 중에 주인 노인에게 육 원을 내어 주니 입이 귀밑까지 찢어진다. 그 끝에 P가 사온 호배추를 내어 주며 김치를 담가 달라고 하니 선선히 응낙한다. 그리고 자식을 데리고 자취를 하겠다니까 깍두기야 간장이야 된장 같은 것을 아까운 줄 모르고 날라다 주곤 한다.

10

이튿날 전에 없이 첫새벽에 일어난 P는 서투른 솜씨로 화롯 밥을 지어 놓고 정거장으로 나갔다.

그의 형에게서 온 편지에 S라는 고향 사람이 서울 올라오는 길에 따라 보낸다고 했으니까 P는 창선이보다도 더 낯이 익은 S를 찾았다.

과연 차가 식식거리고 들어서매 인간을 뱉어 내놓는 찻간에서 S가 창선이를 데리고 두리번거리며 내려왔다.

어디서 생겼는지 새까만 고쿠라 양복을 입고 이화표 붙은 학생 모자를 쓰고 거기다가 보따리를 하나 지고 무엇 꾸린 것을 손에 들고 차에서 내리는 어린아이…… 저게 내 자식이니라 생각하니 P는 어쩐지 속으로 얼굴이 붉어지며 한편 가엾기도 하였다.

S가 두 손에 짐을 가득 들고 두리번거리다가 가까이 온 P를 보고 반겨 소리를 지른다. 창선이가 모자를 벗고 학교 식으로 경례를 한다. 얼굴을 자세히 보니 네댓 살적에 보던 것보다 더 한층 저의 외가를 닮았다. P는 그것이 몹시 불만이었다.

"그새 재미나 좋았나?"

S의 하는 첫인사다.

"뭘 그저 그렇지…… 괜한 산 짐을 지고 오느라고 애썼네."

P는 이렇게 인사 겸 치하를 하였다.

"원 천만에……! 그 애가 나이는 어려도 어떻게 속이 찼는지…… 너 늬 아버지 알어보겠니?"

S는 창선이를 돌아보며 웃는다. 창선이는 고개를 숙이고 수줍은지 아무 대답도 아니 한다.

P는 S와 창선이를 데리고 구름다리로 올라왔다.

"저희 외할머니가 저 양복이야 떡이야 모다 해가지고 자네 댁에까지 오셨더라네…… 오서서 어제 떠나는데 정거장까지 나오 섰는데 여러 가지 신신당부를 하시데…… 자네에게 전하라고."

S는 P가 그다지 듣고 싶지도 아니한 이야기를 뒤따라오며 늘어놓는다. 그의 가슴에는 옛날의

반감이 솟쳐 올랐다.

“별걱정 다 하든 게로군…… 내 자식 내가 어련히 할까봐 쫓아다니며 그래!”

“그래도 노인들이야 어데 그런가…… 객지에서 혼자 있는데 데리고 있기 정 불편하거든 당신에게로 도루 보내게 하라고 그러시데…….”

“그 집에 내 자식이 무슨 상관이 있어서 보내라는 거야……? 보낼 테면 그때 데려왔을라구…….”

P는 그것이 모두 그와 갈린 아내의 조종인 줄 알기 때문에 더구나 심정이 났다. 화가 나는 대로 하면 어린아이가 입고 온 양복도 벗겨 내던지고 싶었으나 꿀꺽 참았다.

11

일찍 맛보아 보지 못한 새 살림을 P는 시작하

였다.

창선이가 도착한 날 밤.

창선이는 아랫목에서 삭삭 잠을 자고 있다. 외롭게 꿈을 꾸고 있으려니 생각하매 전에 없던 애정이 솟아오르는 듯하였다.

이튿날 아침 일찍 창선이를 데리고 ××인쇄소에 가서 A에게 맡기고 안 내키는 발길을 돌이켜 나오는 P는 혼자 중얼거렸다.

'레디메이드 인생이 비로소 겨우 임자를 만나 팔리었구나.'

날개

이상

"박제가 되어 버린 천재"를 아시오? 나는 유쾌하오. 이런 때 연애까지가 유쾌하오.

육신이 흐느적흐느적하도록 피로했을 때만 정신이 은화처럼 맑소. 니코틴이 내 횟배 앓는 뱃속으로 스미면 머릿속에 으레 백지가 준비되는 법이오. 그 위에다 나는 위트와 패러독스를 바둑 포석처럼 늘어놓소. 가증할 상식의 병이오.

나는 또 여인과 생활을 설계하오. 연애기법에마저 서먹서먹해진 지성의 극치를 흘깃 좀 들여다본 일이 있는, 말하자면 일종의 정신분일자말이오. 이런 여인의 반 —그것은 온갖 것의 반이오. —만을 영수하는 생활을 설계한다는 말이오. 그런 생활 속에 한 발만 들여놓고 흡사 두 개의 태양처럼 마주 쳐다보면서 낄낄거리는 것이오. 나는 아마 어지간히 인생의 제행이 싱거워서 견딜 수가 없게끔 되고 그만둔 모양이오. 굿바이.

굿바이. 그대는 이따금 그대가 제일 싫어하는 음식을 탐식하는 아이러니를 실천해 보는 것도 좋을 것 같소. 위트와 패러독스와…….

그대 자신을 위조하는 것도 할 만한 일이오. 그대의 작품은 한 번도 본 일이 없는 기성품에 의하여 차라리 경편하고 고매하리다.

19세기는 될 수 있거든 봉쇄하여 버리오. 도스토옙스키 정신이란 자칫하면 낭비일 것 같소. 위고를 불란서의 빵 한 조각이라고는 누가 그랬는지 지언인 듯싶소. 그러나 인생 혹은 그 모형에 있어서 '디테일' 때문에 속는다거나 해서야 되겠소?

화를 보지 마오. 부디 그대께 고하는 것이니…….

"테이프가 끊어지면 피가 나오. 생채기도 머지않아 완치될 줄 믿소. 굿바이."

감정은 어떤 "포우즈(그 '포우즈'의 원소만을 지적하는 것이 아닌지 나도 모르겠소.)" 그 포우즈가 부동자세에까지 고도화할 때 감정은 딱 공급을 정지합네다.

나는 내 비범한 발육을 회고하여 세상을 보는 안목을 규정하였소.

여왕봉과 미망인— 세상의 하고 많은 여인이 본질적으로 이미 미망인이 아닌 이가 있으리까? 아니, 여인의 전부가 그 일상에 있어서 개개

'미망인'이라는 내 논리가 뜻밖에도 여성에 대한 모험이 되오? 굿바이.

그 33번지라는 것이 구조가 흡사 유곽이라는 느낌이 없지 않다.

한 번지에 18가구가 죽 어깨를 맞대고 늘어서서 창호가 똑같고 아궁이 모양이 똑같다. 게다가 각 가구에 사는 사람들이 송이송이 꽃과 같이 젊다.

해가 들지 않는다. 해가 드는 것을 그들이 모른 체하는 까닭이다. 턱살밑에다 철 줄을 매고 얼룩 진 이부자리를 널어 말린다는 핑계로 미닫이에 해가 드는 것을 막아 버린다. 침침한 방안에서 낮잠들을 잔다. 그들은 밤에는 잠을 자지 않나? 알 수 없다. 나는 밤이나 낮이나 잠만 자느라고 그런 것을 알 길이 없다. 33번지 18가구의 낮은 참 조용하다.

조용한 것은 낮뿐이다. 어둑어둑하면 그들은 이부자리를 걷어 들인다. 전등불이 켜진 뒤의 18가구는 낮보다 훨씬 화려하다. 저물도록 미닫이 여닫는 소리가 잦다. 바빠진다. 여러 가지 냄새가 나기 시작한다. 비웃 굽는 내, 탕고도오랑내, 뜨물내, 비눗내.

그러나 이런 것들보다도 그들의 문패가 제일로 고개를 끄덕이게 하는 것이다.

이 18가구를 대표하는 대문이라는 것이 일각이 져서 외따로 떨어지기는 했으나, 있다. 그러나 그것은 한 번도 닫힌 일이 없는, 한길이나 마찬가지 대문인 것이다. 온갖 장사치들은 하루 가운데 어느 시간에라도 이 대문을 통하여 드나들 수 있는 것이다. 이네들은 문간에서 두부를 사는 것이 아니라, 미닫이를 열고 방에서 두부를 사는 것이다. 이렇게 생긴 33번지 대문에 그들 18 가구의 문패를 몰아다 붙이는 것은 의미가 없다. 그들은 어느 사이엔가 각 미닫이 위 백인당이니, 길상당이니 써 붙인 한 곁에다 문패를 붙이는 풍속을 가져 버렸다.

내 방 미닫이 위 한 곁에 칼표 딱지를 넷에다 낸 것 만한 내— 아니! 내 아내의 명함이 붙어 있는 것도 이 풍속을 좇은 것이 아닐 수 없다.

나는 그러나 그들의 아무와도 놀지 않는다. 놀지 않을 뿐만 아니라 인사도 않는다. 나는 내 아내와 인사하는 외에 누구와도 인사하고 싶지 않았다. 내 아내 외의 다른 사람과 인사를 하거나 놀거나 하는 것은 내 아내 낯을 보아 좋지 않은 일인 것만 같이 생각이 되었기 때문이다. 나는 이만큼까지 내 아내를 소중히 생각한 것이다. 내가 이렇게까지 내 아내를 소중히 생각한 까닭은 이 33번지 18가구 속에서 내 아내가 내 아내의 명함처럼 제일 작고 제일 아름다운 것을 안 까닭이다. 18가구에 각기 빌어 들은 송이송이 꽃들 가운데서도 내 아내가 특히 아름다운 한 떨기의 꽃으로 이 함석지붕 밑 볕 안 드는 지역에서 어디까지든지 찬란하였다. 따라서 그런 한 떨기 꽃을 지키고 —아니 그 꽃에 매어달려 사는 나라는 존재가 도무지 형언할 수 없는 거북살스러운 존재가 아닐 수 없었던 것은 물론이다.

나는 어디까지든지 내 방이 —집이 아니다. 집은 없다. —마음에 들었다. 방안의 기온은 내 체온을 위하여 쾌적하였고, 방안의 침침한 정도가 또한 내 안력을 위하여 쾌적하였다. 나는 내 방 이상의 서늘한 방도 또 따뜻한 방도 희망하지 않았다. 이 이상으로 밝거나 이 이상으로 아늑한 방은 원하지 않았다. 내 방은 나 하나를 위하여 요만한 정도를 꾸준히 지키는 것 같아 늘 내 방에 감사하였고, 나는 또 이런 방을 위하여 이 세상에 태어난 것만 같아서 즐거웠다.

그러나 이것은 행복이라든가 불행이라든가 하는 것을 계산하는 것은 아니었다. 말하자면 나는 내가 행복하다고도 생각할 필요가 없었고, 그렇다고 불행하다고도 생각할 필요가 없었다. 그냥 그날을 그저 까닭 없이 펀둥펀둥 게으르고만 있으면 만사는 그만이었던 것이다.

내 몸과 마음에 옷처럼 잘 맞는 방 속에서 뒹굴면서, 축 처져 있는 것은 행복이니 불행이니 하는 그런 세속적인 계산을 떠난, 가장 편리하고 안일한 말하자면 절대적인 상태인 것이다. 나는 이런 상태가 좋았다.

이 절대적인 내 방은 대문간에서 세어서 똑 일곱째 칸이다. 러키세븐의 뜻이 없지 않다. 나는 이 일곱이라는 숫자를 훈장처럼 사랑하였다. 이런 이 방이 가운데 장지로 말미암아 두 칸으로 나뉘어 있었다는 그것이 내 운명의 상징이었던 것을 누가 알랴? 아랫방은 그래도 해가 든다. 아침결에 책보만한 해가 들었다가 오후에 손수건만 해지면서 나가 버린다. 해가 영영 들지 않는 윗방이 즉 내 방인 것은 말할 것도 없다. 이렇게 볕드는 방이 아내 방이요, 볕 안 드는 방이 내 방이요 하고 아내와 나 둘 중에 누가 정했는지 나는 기억하지 못한다.

그러나 나에게는 불평이 없다.

아내가 외출만 하면 나는 얼른 아랫방으로 와서 그 동쪽으로 난 들창을 열어 놓고 열어놓으면 들이비치는 햇살이 아내의 화장대를 비춰 가지각색 병들이 아롱이 지면서 찬란하게 빛나고, 이렇게 빛나는 것을 보는 것은 다시없는 내 오락이다. 나는 조그만 돋보기를 꺼내가지고 아내만이 사용하는 지리가미를 꺼내 가지고 그을려 가면서 불장난을 하고 논다. 평행광선을 굴절시켜서 한 초점에 모아가지고 그 초점이 따끈따끈해지다가, 마지막에는 종이를 그을리기 시작하고, 가느다란 연기를 내면서 드디어 구멍을 뚫어 놓는 데까지 이르는, 고 얼마 안 되는 동안의 초조한 맛이 죽고 싶을 만큼 내게는 재미있었다.

이 장난이 싫증이 나면 나는 또 아내의 손잡이 거울을 가지고 여러 가지로 논다. 거울이란 제 얼굴을 비칠 때만 실용품이다. 그 외의 경우에는 도무지 장난감인 것이다. 이 장난도 곧 싫증이 난다.

나의 유희심은 육체적인 데서 정신적인 데로 비약한다. 나는 거울을 내던지고 아내의 화장대

앞으로 가까이 가서 나란히 늘어 놓인 그 가지각색의 화장품 병들을 들여다본다. 고것들은 세상의 무엇보다도 매력적이다. 나는 그 중의 하나만을 골라서 가만히 마개를 빼고 병 구멍을 내 코에 가져다 대고 숨죽이듯이 가벼운 호흡을 하여 본다. 이국적인 센슈얼한 향기가 폐로 스며들면 나는 저절로 스르르 감기는 내 눈을 느낀다. 확실히 아내의 체취의 파편이다.

나는 도로 병마개를 막고 생각해 본다. 아내의 어느 부분에서 요 냄새가 났던가를…… 그러나 그것은 분명하지 않다. 왜? 아내의 체취는 여기 늘어섰을 가지각색 향기의 합계일 것이니까.

아내의 방은 늘 화려하였다. 내 방이 벽에 못 한 개 꽂히지 않은 소박한 것인 반대로, 아내 방에는 천장 밑으로 쫙 돌려 못이 박히고, 못마다 화려한 아내의 치마와 저고리가 걸렸다. 여러 가지 무늬가 보기 좋다. 나는 그 여러 조각의 치마에서 늘 아내의 동체와, 그 동체가 될 수 있는 여러 가지 '포우즈'를 연상하고 연상하면서 내 마음은 늘 점잖지 못하다.

그렇건만 나에게는 옷이 없었다. 아내는 내게 옷을 주지 않았다. 입고 있는 코르덴양복 한 벌이 내 자리옷이었고 통상복과 나들이옷을 겸한 것이었다. 그리고 하이넥의 스웨터가 한 조각 사철을 통한 내 내의다. 그것들은 하나같이 다 빛이 검다. 그것은 내 짐작 같아서는 즉 빨래를 될 수 있는 데까지 하지 않아도 보기 싫지 않게 하기 위한 것이 아닌가 한다. 나는 허리와 두 가랑이 세 군데 다— 고무 밴드가 끼어 있는 부드러운 사루마다를 입고 그리고 아무 소리 없이 잘 놀았다.

어느덧 손수건 만해졌던 볕이 나갔는데 아내

는 외출에서 돌아오지 않는다. 나는 요만 일에도 좀 피곤하였고 또 아내가 돌아오기 전에 내 방으로 가 있어야 될 것을 생각하고 그만 내 방으로 건너간 다. 내 방은 침침하다. 나는 이불을 뒤집어쓰고 낮잠을 잔다. 한 번도 걷은 일이 없는 내 이부자리 는 내 몸뚱이의 일부분처럼 내게는 참 반갑다. 잠은 잘 오는 적도 있다. 그러나 또 전신이 까칫까칫하면서 영 잠이 오지 않는 적도 있다. 그런 때는 아무 제목으로나 제목을 하나 골라서 연구하였다. 나는 내 좀 축축한 이불속에서 참 여러 가지 발명도 하였고 논문도 많이 썼다. 시도 많이 지었다. 그러나 그것들은 내가 잠이 드는 것과 동시에 내 방에 담겨서 철철 넘치는 그 흐늑흐늑한 공기 에 다 비누처럼 풀어져서 온데간데없고, 한잠 자고 깨인 나는 속이 무명헝겊이나 메밀껍질로 띵띵 찬

한 덩어리 베개와도 같은 한 벌 신경이었을 뿐이고 하였다.

그러기에 나는 빈대가 무엇보다도 싫었다. 그러나 내 방에서는 겨울에도 몇 마리의 빈대가 끊이지 않고 나왔다. 내게 근심이 있었다면 오직 이 빈대를 미워하는 근심일 것이다. 나는 빈대에게 물려서 가려운 자리를 피가 나도록 긁었다. 쓰라리다. 그것은 그윽한 쾌감에 틀림없었다. 나는 혼곤히 잠이 든다.

나는 그러나 그런 이불 속의 사색 생활에서도 적극적인 것을 궁리하는 법이 없다. 내게는 그럴 필요가 대체 없었다. 만일 내가 그런 좀 적극적인 것을 궁리해내었을 경우에 나는 반드시 내 아내 와 의논하여야 할 것이고, 그러면 반드시 나는 아내에게 꾸지람을 들을 것이고— 나는 꾸지람이 무서웠다느니 보다는 성가셨다. 내가 제법 한 사람의 사회인의 자격으로 일을 해 보는 것도 아내에게 사설 듣는 것도 나는 가장 게으른 동물처럼 게으른 것이 좋았다. 될 수만 있으면 이 무의미한 인간의 탈을 벗어 버리고도 싶었다.

나에게는 인간 사회가 스스러웠다. 생활이 스스러웠다. 모두가 서먹서먹할 뿐이었다.

아내는 하루에 두 번 세수를 한다.

나는 하루 한 번도 세수를 하지 않는다.

나는 밤중 세 시나 네 시쯤 해서 변소에 갔다.

달이 밝은 밤에는 한참씩 마당에 우두커니 섰다가 들어오곤 한다. 그러니까 나는 이 18가구의 아무와도 얼굴이 마주치는 일이 거의 없다. 그러면서도 나는 이 18가구의 젊은 여인네 얼굴들을 거반 다 기억하고 있었다. 그들은 하나같이 내 아내만 못하였다.

열한 시쯤 해서 하는 아내의 첫 번 세수는 좀 간단하다. 그러나 저녁 일곱 시쯤 해서 하는 두 번째 세수는 손이 많이 간다. 아내는 낮에 보다도 밤에 더 좋고 깨끗한 옷을 입는다. 그리고 낮에도 외출하고 밤에도 외출하였다.

아내에게 직업이 있었던가? 나는 아내의 직업이 무엇인지 알 수 없다. 만일 아내에게 직업이 없었다면 같이 직업이 없는 나처럼 외출할 필요가 생기지 않을 것인데— 아내는 외출한다. 외출할 뿐만 아니라 내객이 많다. 아내에게 내객이 많은 날은 나는 온종일 내 방에서 이불을 쓰고 누워 있어야만 된다.

불장난도 못한다. 화장품 냄새도 못 맡는다. 그런 날은 나는 의식적으로 우울해 하였다. 그러면 아내는 나에게 돈을 준다. 오십 전짜리 은화다. 나는 그것이 좋았다.

그러나 그것을 무엇에 써야 옳을지 몰라서 늘 머리맡에 던져두고 두고 한 것이 어느 결에 모여서 꽤 많아졌다 어느 날 이것을 본 아내는 금고처럼 생긴 벙어리를 사다 준다.

나는 한 푼씩 한 푼씩 그 속에 넣고 열쇠는 아내가 가져갔다. 그 후에도 나는 더러 은화를 그 벙어리에 넣은 것을 기억한다. 그리고 나는 게을렀다. 얼마 후 아내의 머리 쪽에 보지 못하던 누깔잠[6]이 하나 여드름처럼 돋았던 것은 바로 그 금고형 벙어리의 무게가 가벼워졌다는 증거일까. 그러나 나는 드디어 머리맡에 놓았던 그 벙어리에 손을 대지 않고 말았다. 내 게으름은 그런 것에 내 주의를 환기시키기도 싫었다.

아내에게 내객이 있는 날은 이불 속으로 암만 깊이 들어가도 비 오는 날만큼 잠이 잘 오지

6) 누깔잠, 비녀의 일종. 눈깔비녀.

않았다. 나는 그런 때 나에게 왜 늘 돈이 있나 왜 돈이 많은가를 연구했다. 내객들은 장지 저쪽에 내가 있는 것을 모르나보다. 내 아내와 나도 좀 하기 어려운 농을 아주 서슴지 않고 쉽게 해 던지는 것이다. 그러나 내 아내를 찾은 서너 사람의 내객들은 늘 비교적 점잖았다고 볼 수 있는 것이, 자정이 좀 지나면 으레 돌아들 갔다.

그들 가운데에는 퍽 교양이 얕은 자도 있는 듯싶었는데, 그런 자는 보통 음식을 사다 먹고 논다.

그래서 보충을 하고 대체로 무사하였다. 나는 우선 아내의 직업이 무엇인가를 연구하기에 착수하였으나 좁은 시야와 부족한 지식으로는 이것을 알아내기 힘이 든다. 나는 끝끝내 내 아내의 직업이 무엇인가를 모르고 말려나보다.

아내는 늘 진솔 버선만 신었다. 아내는 밥도 지었다. 아내가 밥을 짓는 것을 나는 한 번도 구경한 일은 없으나 언제든지 끼니때면 내 방으로 내 조석 밥을 날라다 주는 것이다. 우리 집에는 나와 내 아내 외의 다른 사람은 아무도 없다. 이 밥은 분명 아내가 손수 지었음에 틀림없다.

그러나 아내는 한 번도 나를 자기 방으로 부른 일은 없다. 나는 늘 윗방에서나 혼자서 밥을 먹고 잠을 잤다.

밥은 너무 맛이 없었다. 반찬이 너무 엉성하였다. 나는 닭이나 강아지처럼 말없이 주는 모이를 넓적넓적 받아먹기는 했으나 내심 야속하게 생각한 적도 더러 없지 않다.

나는 안색이 여지없이 창백해가면서 말라 들어갔다. 나날이 눈에 보이듯이 기운이 줄어들었다. 영양 부족으로 하여 몸뚱이 곳곳의 뼈가 불쑥불쑥 내어 밀었다. 하룻밤 사이에도 수십 차례 돌아눕지 않고는 여기저기가 배겨서 나는 배겨낼 수가 없었다.

그렇기 때문에 나는 내 이불 속에서 아내가 늘 흔히 쓸 수 있는 저 돈의 출처를 탐색해 내는 일 변 장지 틈으로 새어나오는 아랫방의 음성은 무엇일까를 간단히 연구하였다.

나는 잠이 잘 안 왔다.

깨달았다. 아내가 쓰는 그 돈은 내게는 다만 실없는 사람들로밖에 보이지 않는 까닭 모를 내객들이 놓고 가는 것이 틀림없으리라는 것을 깨달았다.

그러나 왜 그들 내객은 돈을 놓고 가나? 왜 내 아내는 그 돈을 받아야 되나? 하는 예의 관념이 내게는 도무지 알 수 없는 것이었다.

그것은 그저 예의에 지나지 않는 것일까? 그렇지 않으면 혹 무슨 대가일까? 보수일까? 내아 내가 그들의 눈에는 동정을 받아야만 할 한 가엾은 인물로 보였던가? 이런 것들을 생각하노라면 으레 내 머리는 그냥 혼란하여 버리고, 버리고 하였다. 잠들기 전에 획득했다는 결론이 오직 불쾌하다는 것뿐이었으면서도 나는 그런 것을 아내에게 물어 보거나 한 일이 참 한 번도 없다. 그것은 대체 귀찮기도 하려니와 한잠 자고 일어나는 나는 사뭇 딴 사람처럼 이것도 저것도 다 깨끗이 잊어버리고 그만 두는 까닭이다.

내객들이 돌아가고, 혹 외출에서 돌아오고 하면 아내는 간편한 것으로 옷을 바꾸어 입고 내 방으로 나를 찾아온다. 그리고 이불을 들치고 내 귀에는 영 생동생동한 몇 마디 말로 나를 위로하려든다. 나는 조소도 고소도 홍소도 아닌 웃음을 얼굴에 띠고 아내의 아름다운 얼굴을 쳐다본다. 아내는 방그레 웃는다. 그러나 그 얼굴에 떠도는 일말의 애수를 나는 놓치지 않는다.

아내는 능히 내가 배고파하는 것을 눈치 챌 것이다. 그러나 아랫방에서 먹고 남은 음식을 나에게 주려 들지는 않는다. 그것은 어디까지든지 나를 존경하는 마음일 것임에 틀림없다. 나는 배가 고프면서도 적이 마음이 든든한 것을 좋아했다. 아내가 무엇이라고 지껄이고 갔는지 귀에 남아 있을 리가 없다. 다만 내 머리맡에 아내가 놓고 간 은화가 전등불에 흐릿하게 빛나고 있을 뿐이다.

그 금고형 벙어리 속에 은화가 얼마만큼이나 모였을까? 나는 그러나 그것을 쳐들어 보지 않았다. 그저 아무런 의욕도 기원도 없이 그 단춧

구멍처럼 생긴 틈바구니로 은화를 떨어뜨려 둘 뿐이었다.

왜 아내의 내객들이 아내에게 돈을 놓고 가나 하는 것이 풀 수 없는 의문인 것같이, 왜 아내는 나에게 돈을 놓고 가나 하는 것도 역시 나에게는 똑같이 풀 수 없는 의문이었다.

내 비록 아내가 내게 돈을 놓고 가는 것이 싫지 않았다 하더라도 그것은 다만 고것이 내 손가락 닿는 순간에서부터 고 벙어리 주둥이에서 자취를 감추기까지의 하잘것없는 짧은 촉각이 좋았달 뿐이지 그 이상 아무 기쁨도 없다.

어느 날, 나는 고 벙어리를 변소에 갖다 넣어 버렸다. 그 때 벙어리 속에는 몇 푼이나 되는지 모르겠으나 고 은화들이 꽤 들어 있었다.

나는 내가 지구 위에 살며 내가 이렇게 살고 있는 지구가 질풍신뢰의 속력으로 광대무변의

공간을 달리고 있다는 것을 생각했을 때 참 허망하였다. 나는 이렇게 부지런한 지구 위에서는 현기증도 날 것 같고 해서 한시바삐 내려 버리고 싶었다.

이불 속에서 이런 생각을 하고 난 뒤에는 나는 고 은화를 고 벙어리에 넣고, 넣고 하는 것조차 귀찮아졌다. 나는 아내가 손수 벙어리를 사용하였으면 하고 생각하였다.

벙어리도 돈도 사실은 아내에게만 필요한 것이지 내게는 애초부터 의미가 전연 없는 것이었으니까 될 수만 있으면 그 벙어리를 아내는 아내 방으로 가져갔으면 하고 기다렸다.

그러나 아내는 가져가지 않는다. 나는 내가 아내 방으로 가져다 둘까 하고 생각하여 보았으나 그 즈음에는 아내의 내객이 워낙 많아서 내가 아내 방에 가 볼 기회가 도무지 없었다. 그래서 나는 하는 수 없이 변소에 갖다 집어넣어 버리고 만 것이다.

나는 서글픈 마음으로 아내의 꾸지람을 기다렸다. 그러나 아내는 끝내 아무 말도 하지 않았다.

않았을 뿐 아니라 여전히 돈은 돈대로 머리맡에 놓고 가지 않나! 내 머리맡에는 어느덧 은화가 꽤 많이 모였다.

내객이 아내에게 돈을 놓고 가는 것이나 아내가 내게 돈을 놓고 가는 것이나 일종의 쾌감 ― 그 외의 다른 아무런 이유도 없는 것이 아닐까 하는 것을 나는 또 이불 속에서 연구하기 시작하였다.

쾌감이라면 어떤 종류의 쾌감일까를 계속하여 연구하였다. 그러나 그것은 이불 속의 연구로는 알 길이 없었다. 쾌감, 쾌감, 하고 나는 뜻밖에도 이 문제에 대해서만 흥미를 느꼈다.

아내는 물론 나를 늘 감금하여 두다시피 하여 왔다. 내게 불평이 있을 리 없다. 그런 중에도 나는 그 쾌감이라는 것의 유무를 체험하고 싶었다.

나는 아내의 밤 외출 틈을 타서 밖으로 나왔다. 나는 거리에서 잊어버리지 않고 가지고 나온 은화를 지폐로 바꾼다. 오 원이나 된다. 그것을 주머니에 넣고 나는 목적지를 잃어버리기 위하여 얼마든지 거리를 쏘다녔다. 오래간만에 보는 거리는 거의 경이에 가까울 만큼 내 신경을 흥분시키지 않고는 마지않았다. 나는 금시에 피곤하여 버렸다.

그러나 나는 참았다. 그리고 밤이 이슥하도록 까닭을 잃어버린 채 이 거리 저 거리로 지향 없이 헤매었다. 돈은 물론 한 푼도 쓰지 않았다. 돈을 쓸 아무 엄두도 나서지 않았다. 나는 벌써 돈을 쓰는 기능을 완전히 상실한 것 같았다.

나는 과연 피로를 이 이상 견디기가 어려웠다. 나는 가까스로 내 집을 찾았다. 나는 내 방을 가려면 아내 방을 통과하지 않으면 안 될 것을 알고, 아내에게 내객이 있나 없나를 걱정하면서 미닫이 앞에서 좀 거북살스럽게 기침을 한 번 했더니, 이것은 참 또 너무도 암상스럽게 미닫이가 열리면서 아내의 얼굴과 그 등 뒤에 낯선 남자의 얼굴이 이쪽을 내다보는 것이다. 나는 별안간 내어 쏟아지는 불빛에 눈이 부셔서 좀 머뭇머뭇했다.

나는 아내의 눈초리를 못 본 것은 아니다. 그러나 나는 모른 체하는 수밖에 없었다.

왜? 나는 어쨌든 아내의 방을 통과하지 아니

하면 안 되니까…….

나는 이불을 뒤집어썼다. 무엇보다도 다리가 아파서 견딜 수가 없었다.

이불 속에서는 가슴이 울렁거리면서 암만해도 까무러칠 것만 같았다. 걸을 때는 몰랐더니 숨이 차다. 등에 식은땀이 쭉 내배인다. 나는 외출한 것을 후회하였다. 이런 피로를 잊고 어서 잠이 들었으면 좋았다. 한잠 잘 자고 싶었다.

얼마동안이나 비스듬히 엎드려 있었더니 차츰 차츰 뚝딱 거리는 가슴 동계가 가라앉는다. 그만해도 우선 살 것 같았다. 나는 몸을 들쳐 반듯이 천장을 향하여 눕고 쭉 다리를 뻗었다.

그러나 나는 또 다시 가슴의 동계를 피할 수 없게 되었다. 아랫방에서 아내와 그 남자의 내 귀에도 들리지 않을 만큼 낮은 목소리로 소곤거리는 기척이 장지 틈으로 전하여 왔던 것이다.

청각을 더 예민하게 하기 위하여 나는 눈을 떴다. 그리고 숨을 죽였다.

그러나 그 때는 벌써 아내와 남자는 앉았던 자리를 툭툭 털고 일어섰고 일어서면서 옷과 모자 쓰는 기척이 나는 듯하더니, 이어 미닫이가 열리고 구두 뒤축 소리가 나고 그리고 뜰에 내려서는 소리가 쿵 하고 나면서 뒤를 따르는 아내의 고무신 소리가 두어 발짝 찍찍 나고 사뿐사뿐 나나 하는 사이에 두 사람의 발소리가 대문 쪽으로 사라졌다.

나는 아내의 이런 태도를 본 일이 없다. 아내는 어떤 사람과도 결코 소곤거리는 법이 없다. 나는 윗방에서 이불을 쓰고 누운 동안에도 혹 술이 취해서 혀가 잘 돌아가지 않는 내객들의 담화는 더러 놓치는 수가 있어도 아내의 높지도 낮지도 않은 말소리는 일찍이 한마디도 놓쳐 본 일이 없다.

더러 내 귀에 거슬리는 소리가 있어도 나는 그것이 태연한 목소리로 내 귀에 들렸다는 이유로 충분히 안심이 되었다.

그렇던 아내의 이런 태도는 필시 그 속에 여간하지 않은 사정이 있는 듯 시피 생각이 되고 내 마음은 좀 서운했으나 그보다도 나는 좀 너무 피로해서 오늘만은 이불 속에서 아무것도 연구하지 않기로 굳게 결심하고 잠을 기다렸다. 낮잠은 좀처럼 오지 않았다. 대문간에 나간 아내도 좀처럼 들어오지 않았다. 그러는 동안에 흐지부지 나는 잠이 들어 버렸다. 꿈이 얼쑹덜쑹 종을 잡을 수 없는 거리의 풍경을 여전히 헤매었다.

나는 몹시 흔들렸다. 내객을 보내고 들어온 아내가 잠든 나를 잡아 흔드는 것이다. 나는 눈을 번쩍 뜨고 아내의 얼굴을 쳐다보았다. 아내의 얼굴에는 웃음이 없다. 나는 좀 눈을 비비고 아내의 얼굴을 자세히 보았다. 노기가 눈초리에 떠서 얇은 입술이 바르르 떨린다. 좀처럼 이 노기가 풀리기는 어려울 것 같았다. 나는 그대로 눈을 감아 버렸다. 벼락이 내리기를 기다린 것이다. 그러나 쌔근 하는 숨소리가 나면서 부스스 아내의 치맛자락 소리가 나고 장지가 여닫히며 아내는 아내 방으로 돌아갔다.

나는 다시 몸을 돌려 이불을 뒤집어쓰고는 개구리처럼 엎드리고 엎드려서 배가 고픈 가운데도 오늘 밤의 외출을 또 한 번 후회하였다.

나는 이불 속에서 아내에게 사죄하였다. 그것은 네 오해라고…… 나는 사실 밤이 퍽 이슥한 줄만 알았던 것이다. 그것이 네 말마따나 자정 전인지는 정말이지 꿈에도 몰랐다. 나는 너무 피곤하였다. 오래간만에 나는 너무 많이 걸은 것이 잘못이다.

내 잘못이라면 잘못은 그것 밖에 없다. 외출은 왜 하였더냐고? 나는 그 머리맡에 저절로 모인 오 원 돈을 아무에게라도 좋으니 주어보고 싶었던 것이다. 그뿐이다. 그러나 그것도 내 잘못이라면 나는 그렇게 알겠다. 나는 후회하고 있지 않나? 내가 그 5원 돈을 써 버릴 수가 있었던들 나는 자정 안에 집에 돌아올 수 없었을 것이다. 그러나 거리는 너무 복잡하였고 사람은 너무도 들끓었다. 나는 어느 사람을 붙들고 그 오 원 돈을 내어 주어야할지 갈피를 잡을 수가 없었다. 그러는 동안에 나는 여지없이 피곤해 버리고 말았던 것이다.

나는 무엇보다도 좀 쉬고 싶었다. 눕고 싶었다. 그래서 나는 하는 수 없이 집으로 돌아온 것이다. 내 짐작 같아서는 밤이 어지간히 늦은 줄만 알았는데, 그것이 불행히도 자정 전이었다는 것은 참 안된 일이다. 미안한 일이다. 나는 얼마든지 사죄하여도 좋다. 그러나 종시 아내의 오해를 풀지 못하였다 하면 내가 이렇게까지 사죄하는 보람은 그럼 어디 있나? 한심하였다.

한 시간 동안을 나는 이렇게 초조하게 굴지 않으면 안 되었다. 나는 이불을 홱 젖혀 버리고 일어나서 장지를 열고 아내 방으로 비칠비칠 달려갔던 것이다. 내게는 거의 의식이라는 것이 없었다.

나는 아내 이불 위에 엎드러지면서 바지 포켓 속에서 그 돈 오 원을 꺼내 아내 손에 쥐어 준 것을 간신히 기억할 뿐이다.

이튿날 잠이 깨었을 때 나는 내 아내 방 아내 이불 속에 있었다. 이것이 이 33번지에서 살기 시작한 이래 내가 아내 방에서 잔 맨 처음이었다.

해가 들창에 훨씬 높았는데 아내는 이미 외출하고 벌써 내 곁에 있지는 않다. 아니! 아내는 엊저녁 내가 의식을 잃은 동안에 외출한 것인지도 모른다. 그러나 나는 그런 것을 조사하고 싶지 않았다. 다만 전신이 찌뿌드드한 것이 손가락 하나 꼼짝할 힘조차 없었다. 책보보다 좀 작은 면적의 볕이 눈이 부시다. 그 속에서 수없이 먼지가 흡사 미생물처럼 난무한다. 코가 콱 막히는 것 같다. 나는 다시 눈을 감고 이불을 푹 뒤집어쓰고 낮잠을 자기에 착수하였다. 그러나 코를 스치는 아내의 체취는 꽤 도발적이었다. 나는 몸을 여러 번 여러 번 비비꼬면서 아내의 화장대에 늘어선 고 가지각색 화장품 병들의 마개를 뽑았을 때 풍기는 냄새를 더듬느라고 좀처럼 잠은 들지 않는 것을 나는 어찌하는 수도 없었다.

견디다 못하여 나는 그만 이불을 걷어차고 벌떡 일어나서 내 방으로 갔다. 내 방에는 다 식어빠진 내 끼니가 가지런히 놓여 있는 것이다. 내 방에는 다 식어 빠진 내 끼니가 가지런히 놓여 있는 것이다. 아내는 내 모이를 여기다 두고 나간 것이다. 나는 우선 배가 고팠다. 한 숟갈을 입에 떠 넣었을 때 그 촉감은 참 너무도 냉회와 같이 써늘하였다. 나는 숟갈을 놓고 내 이불 속으로 들어갔다. 하룻밤을 비었던 내 이부자리는 여전히 반갑게 나를 맞아 준다. 나는 내 이불을 뒤집어쓰고 이번에는 참 늘어지게 한잠 잤다. 잘—내가 잠을 깬 것은 전등이 켜진 뒤다. 그러나 아내는 아직도 돌아오지 않았나보다.

아니! 돌아왔다 또 나갔는지 알 수 없다. 그러나 그런 것을 상고하여 무엇하나? 정신이 한결 난다. 나는 밤일을 생각해 보았다. 그 돈 오 원을 아내 손에 쥐어 주고 넘어졌을 때에 느낄 수 있었던 쾌감을 나는 무엇이라고 설명할 수가 없었다. 그러나 내객들이 내 아내에게 돈 놓고 가는 심리며 내 아내가 내게 돈 놓고 가는 심리의 비밀을 나는 알아낸 것 같아서 여간 즐거운 것이 아니다.

나는 속으로 빙그레 웃어 보았다.

이런 것을 모르고 오늘까지 지내온 내 자신이 어떻게 우스꽝스럽게 보이는지 몰랐다.

따라서 나는 또 오늘 밤에도 외출하고 싶었다. 그러나 돈이 없다. 나는 또 엊저녁에 그 돈 오 원을 한꺼번에 아내에게 주어 버린 것을 후회하였다. 또 고 벙어리를 변소에 갖다 처넣어 버린

것도 후회하였다. 나는 실없이 실망하면서 습관처럼 그 돈 오 원이 들어 있던 내 바지 포켓에 손을 넣어 한번 휘둘러보았다. 뜻밖에도 내 손에 쥐어지는 것이 있었다. 이 원 밖에 없다. 그러나 많아야 맛은 아니다. 얼마간이고 있으면 된다. 나는 그만한 것이 여간 고마운 것이 아니었다.

나는 기운을 얻었다. 나는 그 단벌 다 떨어진 코르덴 양복을 걸치고 배고픈 것도 주제 사나운 것도 다 잊어버리고 활갯짓을 하면서 또 거리로 나섰다. 나서면서 나는 제발 시간이 화살 단듯해서 자정이 어서 홱 지나 버렸으면 하고 조바심을 태웠다. 아내에게 돈을 주고 아내 방에서 자 보는 것은 어디까지든지 좋았지만 만일 잘못해서 자정 전에 집에 들어갔다가 아내의 눈총을 맞는 것은 그것은 여간 무서운 일이 아니었다.

나는 저물도록 길가 시계를 들여다보고, 들여다보고 하면서 또 지향 없이 거리를 방황하였다. 그러나 이날은 좀처럼 피곤하지는 않았다. 다만 시간이 좀 너무 더디게 가는 것만 같아서 안타까웠다.

경성역(京城驛) 시계가 확실히 자정을 지난 것을 본 뒤에 나는 집을 향하였다. 그날은 그 일각대문에서 아내와 아내의 남자가 이야기하고 서 있는 것을 만났다. 나는 모른 체하고 두 사람 곁을 지나서 내 방으로 들어갔다. 뒤이어 아내도 들어왔다. 와서는 이 밤중에 평생 안 하던 쓰레질을 하는 것이었다. 조금 있다가 아내가 눕는 기척을 엿보자마자 나는 또 장지를 열고 아내 방으로 가서 그 돈 이 원을 아내 손에 덥석 쥐어 주고 그리고— 하여간 그 이 원을 오늘 밤에도 쓰지 않고 도로 가져온 것이 참 이상하다는 듯이 아내는 내 얼굴을 몇 번이고 엿보고 — 아내는 드디어 아무 말도 없이 나를 자기 방에 재워 주었다. 나는 이 기쁨을 세상의 무엇과도 바꾸고 싶지는 않았다. 나는 편히 잘 잤다.

이튿날도 내가 잠이 깨었을 때는 아내는 보이지 않았다. 나는 또 내 방으로 가서 피곤한 몸이 낮잠을 잤다. 내가 아내에게 흔들려 깨었을 때는 역시 불이 들어온 뒤였다. 아내는 자기 방으로 나를 오라는 것이다. 이런 일은 또 처음이다. 아내는 끊임없이 얼굴에 미소를 띠고 내 팔을 이끄는 것이다. 나는 이런 아내의 태도 이면에 엔간치 않은 음모가 숨어 있지나 않은가 하고 적이 불안을 느끼지 않을 수 없었다.

나는 아내의 하자는 대로 아내의 방으로 끌려갔다. 아내 방에는 저녁 밥상이 조촐하게 차려져 있는 것이다. 생각하여 보면 나는 이틀을 굶었다. 나는 지금 배고픈 것까지도 긴가 민가 잊어버리고 어름어름하던 차다.

나는 생각하였다. 이 최후의 만찬을 먹고 나자마자 벼락이 내려도 나는 차라리 후회하지 않을 것을. 사실 나는 인간 세상이 너무나 심심해서 못 견디겠던 차다. 모든 것이 성가시고 귀찮았으나 그러나 불의의 재난이라는 것은 즐겁다.

나는 마음을 턱 놓고 조용히 아내와 마주 이 해괴한 저녁밥을 먹었다.

우리 부부는 이야기하는 법이 없었다. 밥을 먹은 뒤에도 나는 말이 없이 부스스 일어나서 내 방으로 건너가 버렸다. 아내는 나를 붙잡지 않았다. 나는 벽에 기대어 앉아서 담배를 한 대 피워 물고 그리고 벼락이 떨어질 테거든 어서 떨어져라 하고 기다렸다.

오 분! 십 분!

그러나 벼락은 내리지 않았다. 긴장이 차츰 풀어지기 시작한다. 나는 어느덧 오늘 밤에도 외출할 것을 생각하고 있었다. 돈이 있었으면 하고 생각하고 있었다.

그러나 돈은 확실히 없다. 오늘은 외출하여도 나중에 올 무슨 기쁨이 있나? 내 앞이 그저 아뜩하였다. 나는 화가 나서 이불을 뒤집어쓰고 이리 뒹굴 저리 뒹굴 굴렀다. 금시 먹은 밥이 목으로 자꾸 치밀어 올라온다. 메스꺼웠다.

하늘에서 얼마라도 좋으니 왜 지폐가 소낙비처럼 퍼붓지 않나? 그것이 그저 한없이 야속하고 슬펐다.

나는 이렇게 밖에 돈을 구하는 아무런 방법도 알지는 못했다. 나는 이불 속에서 좀 울었나 보다.

왜 없느냐면서…….

그랬더니 아내가 또 내 방에를 왔다. 나는 깜짝 놀라 아마 이제야 벼락이 내리려 나보다 하고 숨을 죽이고 두꺼비 모양으로 엎드려 있었다. 그러나 떨어진 입을 새어나오는 아내의 말소리는 참 부드러웠다. 정다웠다. 아내는 내가 왜 우는지를 안다는 것이다. 돈이 없어서 그러는 게 아니란다.

나는 실없이 깜짝 놀랐다. 어떻게 사람의 속을 환하게 들여다본다고 해서 나는 한편으로 슬그머니 겁도 안 나는 것은 아니었으나 저렇게 말하는 것을 보면 아마 내게 돈을 줄 생각이 있나보다, 만일 그렇다면 오죽이나 좋은 일일까. 나는 이불 속에 뚤뚤 말린 채 고개도 들지 않고 아내의 다음 거동을 기다리고 있으니까 '옜소' 하고 내 머리맡에 내려뜨리는 것은 그 가뿐한 음향으로 보아 지폐에 틀림없었다. 그리고 내 귀에다 대고 오늘일랑 어제보다도 늦게 돌아와도 좋다고 속삭이는 것이다.

그것은 어렵지 않다. 우선 그 돈이 무엇보다도 고맙고 반가웠다.

어쨌든 나섰다. 나는 좀 야맹증이다. 그래서 될 수 있는 대로 밝은 거리로 돌아다니기로 했다.

그리고는 경성역 일 이등 대합실 한 곁 티이루움에를 들렀다. 그것은 내게는 큰 발견이었다. 거기는 우선 아무도 아는 사람이 안 온다. 설사 왔다가도 곧 돌아가니까 좋다. 나는 날마다 여기 와서 시간을 보내리라 속으로 생각하여 두었다. 제일 여기 시계가 어느 시계보다도 정확하리라는 것이 좋았다. 섣불리 서투른 시계를 보고 그것을 믿고 시간 전에 집에 돌아갔다가 큰 코를 다쳐서는 안 된다.

나는 한 복스에 아무것도 없는 것과 마주 앉아서 잘 끓은 커피를 마셨다. 총총한 가운데 여객들 은 그래도 한 잔 커피가 즐거운가보다. 얼른얼른 마시고 무얼 좀 생각하는 것같이 담벼락도 좀 쳐다보고 하다가 곧 나가 버린다. 서글프다. 그러나 내게는 이 서글픈 분위기가 거리의 티이루움들의 그 거추장스러운 분위기보다는 절실하고 마음에 들었다. 이따금 들리는 날카로운 혹은 우렁찬 기적 소리가 모차르트보다도 더 가깝다.

나는 메뉴에 적힌 몇 가지 안 되는 음식 이름을 치읽고 내리읽고 여러 번 읽었다. 그 것들은 아물아물하는 것이 어딘가 내 어렸을 때 동무들 이름과 비슷한 데가 있었다.

거기서 얼마나 내가 오래 앉았는지 정신이 오락가락하는 중에 객이 슬며시 뜸해지면서 이 구석 저 구석 걷어치우기 시작하는 것을 보면 아마 닫는 시간이 된 모양이다. 열 한 시가 좀 지났구나, 여기도 결코 내 안주의 곳은 아니구나, 어디 가서 자정을 넘길까? 두루 걱정을 하면서 나는 밖으로 나섰다. 비가 온다.

빗발이 제법 굵은 것이 우비도 우산도 없는 나를 고생을 시킬 작정이다. 그렇다고 이런 괴이한 풍모를 차리고 이 홀에서 어물어물하는 수도 없고 에이 비를 맞으면 맞았지 하고 그냥 나서 버렸다.

대단히 선선해서 견딜 수가 없다. 코르덴 옷이 젖기 시작하더니 나중에는 속속들이 스며들면서 치근거린다. 비를 맞아 가면서라도 견딜 수 있는 데까지 거리를 돌아다녀서 시간을 보내려 하였으나, 인제는 선선해서 이 이상은 더 견딜 수가 없다. 오한이 자꾸 일어나면서 이가 딱딱 맞

부딪는다. 나는 걸음을 늦추면서 생각하였다. 오늘 같은 궂은 날도 아내에게 내객이 있을라구? 없겠지, 하는 생각이 드는 것이다.

집으로 가야겠다. 아내에게 불행히 내객이 있거든 내 사정을 하리라. 사정을 하면 이렇게 비가 오는 것을 눈으로 보고 알아주겠지.

부리나케 와 보니까 그러나 아내에게는 내객이 있었다. 나는 너무 춥고 척척해서 얼떨결에 노크 하는 것을 잊었다. 그래서 나는 보면 아내가 덜 좋아할 것을 그만 보았다.

나는 감발자국 같은 발자국을 내면서 덤벙덤벙 아내 방을 디디고 내 방으로 가서 쭉 빠진 옷을 활활 벗어 버리고 이불을 뒤썼다. 덜덜 덜덜 떨린다. 오한이 점점 더 심해 들어온다. 여전 땅이 꺼져 들어가는 것만 같았다. 나는 그만 의식을 잃어버리고 말았다.

이튿날 내가 눈을 떴을 때 아내는 내 머리맡에 앉아서 제법 근심스러운 얼굴이다.

나는 감기가 들었다. 여전히 으스스 춥고 또 골치가 아프고 입에 군침이 도는 것이 씁쓸하면서 다리팔이 척 늘어져서 노곤하다. 아내는 내 머리를 쓱 짚어 보더니 약을 먹어야지 한다. 아내 손이 이마에 선뜻한 것을 보면 신열이 어지간한 모양인데 약을 먹는다면 해열제를 먹어야지 하고 속생각을 하자니까 아내는 따뜻한 물에 하얀 정제약 네 개를 준다. 이것을 먹고 한잠 푹 자고 나면 괜찮다는 것이다. 나는 널름 받아 먹었다. 씁싸래한 것이 짐작 같아서는 아마 아스피린인가 싶다.

나는 다시 이불을 쓰고 단번에 그냥 죽은 것처럼 잠이 들어 버렸다.

나는 콧물을 훌쩍훌쩍 하면서 여러 날을 앓았

다. 앓는 동안에 끊이지 않고 그 정제약을 먹었다.

그러는 동안에 감기도 나았다. 그러나 입맛은 여전히 소태처럼 썼다.

나는 차츰 또 외출하고 싶은 생각이 났다. 그러나 아내는 나더러 외출하지 말라고 이르는 것이다. 이 약을 날마다 먹고 그리고 가만히 누워 있으라는 것이다. 공연히 외출을 하다가 이렇게 감기가 들어서 저를 고생시키는 게 아니란다. 그도 그렇다. 그럼 외출을 하지 않겠다고 맹세하고 그 약을 연복하여 몸을 좀 보해 보리라고 나는 생각하였다.

나는 날마다 이불을 뒤집어쓰고 밤이나 낮이나 잤다. 유난스럽게 밤이나 낮이나 졸려서 견딜 수가 없는 것이다. 나는 이렇게 잠이 자꾸만 오는 것은 내가 몸이 훨씬 튼튼해진 증거라고 굳게 믿었다.

나는 아마 한 달이나 이렇게 지냈나보다. 내 머리와 수염이 좀 너무 자라서 후텃해서 견딜 수가 없어서 내 거울을 좀 보리라고 아내가 외출한 틈을 타서 나는 아내 방으로 가서 아내의 화장대 앞에 앉아 보았다. 상당하다. 수염과 머리가 참 상당하였다.

오늘은 이발을 좀 하리라고 생각하고 겸사겸사 고 화장품 병들 마개를 뽑고 이것저것 맡아 보았다. 한동안 잊어버렸던 향기 가운데서는 몸이 배배 꼬일 것 같은 체취가 전해 나왔다. 나는 아내의 이름을 속으로만 한 번 불러 보았다. '연심이—' 하고…… 오래간만에 돋보기 장난도 하였다. 거울 장난도 하였다. 창에 든 볕이 여간 따뜻한 것이 아니었다. 생각하면 오월이 아니냐.

나는 커다랗게 기지개를 한 번 켜 보고 아내 베개를 내려 베고 벌떡 자빠져서는 이렇게도 편안하고 즐거운 세월을 하느님께 흠씬 자랑하여 주고 싶었다. 나는 참 세상의 아무것과도 교섭을 가지지 않는다. 하느님도 아마 나를 칭찬할 수도 처벌할 수도 없는 것 같다.

그러나 다음 순간 실로 세상에도 이상스러운 것이 눈에 띄었다. 그것은 최면약 아달린[7] 갑이었다.

나는 그것을 아내의 화장대 밑에서 발견하고 그것이 흡사 아스피린처럼 생겼다고 느꼈다. 나는 그것을 열어 보았다. 꼭 네 개가 비었다.

나는 오늘 아침에 네 개의 아스피린을 먹은 것을 기억하고 있었다. 나는 잤다. 어제도 그제

---

7) 아달린[독일어 Adalin], 최면제나 진정제로 쓰는 디에틸브롬아세틸 요소로 만든 약품. 쓴맛이 있고 냄새가 없는 흰색의 가루이다.

도 엊그제도…… 나는 졸려서 견딜 수가 없었다. 나는 감기가 다 나았는데도…… 아내는 내게 아스피린을 주었다. 내가 잠이 든 동안에 이웃에 불이 난 일이 있다. 그때에도 나는 자느라고 몰랐다. 이렇게 나는 잤다. 나는 아스피린으로 알고 그럼 한 달 동안을 두고 아달린을 먹어온 것이다. 이것은 좀 너무 심하다.

별안간 아뜩하더니 하마터면 나는 까무러칠 뻔하였다. 나는 그 아달린을 주머니에 넣고 집을 나섰다. 그리고 산을 찾아 올라갔다.

인간 세상의 아무것도 보기가 싫었던 것이다. 걸으면서 나는 아무쪼록 아내에 관계되는 일은 일체 생각하지 않도록 노력하였다. 길에서 까무러치기 쉬우니까다. 나는 어디라도 양지가 바른 자리를 하나 골라 자리를 잡아 가지고 서서히 아내에 관하여서 연구할 작정이었다. 나는 길가의 돌 장판, 구경도 못한 진개나리꽃, 종달새, 돌멩이도 새끼를 까는 이야기, 이런 것만 생각하였다. 다행히 길 가에서 나는 졸도하지 않았다.

거기는 벤치가 있었다. 나는 거기 정좌하고 그리고 그 아스피린과 아달린에 관하여 연구하였다.

그러나 머리가 도무지 혼란하여 생각이 체계를 이루지 않는다. 단 5분이 못가서 나는 그만 귀찮은 생각이 번쩍 들면서 심술이 났다. 나는 주머니에서 가지고 온 아달린을 꺼내 남은 여섯 개를 한꺼번에 질겅질겅 씹어 먹어 버렸다. 맛이 익살맞다. 그러고 나서 나는 그 벤치 위에 가로 기다랗게 누웠다. 무슨 생각으로 내가 그따위 짓을 했나, 알 수가 없다. 그저 그러고 싶었다. 나는 게서 그냥 깊이 잠이 들었다. 잠결에도 바위틈으로 흐르는 물소리가 졸졸 하고 언제까지나 귀에 어렴풋이 들려 왔다.

내가 잠을 깨었을 때는 날이 환히 밝은 뒤다. 나는 거기서 일주야를 잔 것이다. 풍경이 그냥 노랗게 보인다. 그 속에서도 나는 번개처럼 아스피린과 아달린이 생각났다.

아스피린, 아달린, 아스피린, 아달린, 마르크, 말사스, 마도로스, 아스피린, 아달린…… 아내는 한 달 동안 아달린을 아스피린이라고 속이고 내게 먹였다.

그것은 아내 방에서 이 아달린 갑이 발견된 것으로 미루어 증거가 너무나 확실하다.

무슨 목적으로 아내는 나를 밤이나 낮이나 재웠어야 됐나? 나를 밤이나 낮이나 재워 놓고, 그리고 아내는 내 자는 동안에 무슨 짓을 했나? 나를 조금씩, 조금씩 죽이려던 것일까? 그러나 또 생각하여 보면 내가 한 달을 두고 먹어 온 것이 아스피린이었는지도 모른다. 아내는 무슨 근심되는 일이 있어서 밤이면 잠이 잘 오지 않아서 정작 아내가 아달린을 사용한 것이나 아닌지? 그렇다면 나는 참 미안하다. 나는 아내에게 이렇게 큰 의혹을 가졌다는 것이 참 안됐다.

나는 그래서 부리나케 거기서 내려왔다. 아랫도리가 홰홰 내어 저이면서 어찔어찔한 것을 나는 겨우 집을 향하여 걸었다. 여덟 시 가까이였다.

나는 내 잘못된 생각을 죄다 일러바치고 아내에게 사죄하려는 것이다. 나는 너무 급해서 그만 또 말을 잊어버렸다. 그랬더니 이건 참 큰일났다. 나는 내 눈으로 절대로 보아서 안 될 것을 그만 딱 보아 버리고 만 것이다.

나는 얼떨결에 그만 냉큼 미닫이를 닫고 그리

고 현기증이 나는 것을 진정시키느라고 잠깐 고개를 숙이고 눈을 감고 기둥을 짚고 서 있자니까, 1초 여유도 없이 홱 미닫이가 다시 열리더니 매무새를 풀어헤친 아내가 불쑥 내밀면서 내 멱살을 잡는 것이다. 나는 그만 어지러워서 게가 나둥그러졌다.

그랬더니 아내는 넘어진 내 위에 덮치면서 내 살을 함부로 물어뜯는 것이다. 아파 죽겠다. 나는 사실 반항할 의사도 힘도 없어서 그냥 넙적 엎드려 있으면서 어떻게 되나 보고 있자니까, 뒤이어 남자가 나오는 것 같더니 아내를 한 아름에 덥석 안아 가지고 방으로 들어가는 것이다. 아내는 아무 말 없이 다소곳이 그렇게 안겨 들어가는 것이 내 눈에 여간 미운 것이 아니다. 밉다.

아내는 너 밤새워 가면서 도둑질하러 다니느

냐, 계집질하러 다니느냐고 발악이다. 이것은 참 너무 억울하다. 나는 어안이 벙벙하여 도무지 입이 떨어지지를 않았다. 너는 그야말로 나를 살해하려던 것이 아니냐고 소리를 한 번 꽥 질러 보고도 싶었으나, 그런 긴가민가한 소리를 선불리 입 밖에 내었다가는 무슨 화를 볼는지 알 수 없다. 차라리 억울하지만 잠자코 있는 것이 우선 상책인 듯 생각이 들길래, 나는 이것은 또 무슨 생각으로 그랬는지 모르지만 툭툭 떨고 일어나서 내 바지 포켓 속에 남은 돈 몇 원 몇십 전을 가만히 꺼내서는 몰래 미닫이를 열고 살며시 문지방 밑에다 놓고 나서는, 나는 그냥 줄 달음박질을 쳐서 나와 버렸다.

여러 번 자동차에 치일 뻔 하면서 나는 그래도 경성 역으로 찾아갔다. 빈자리와 마주 앉아서 이 쓰디쓴 입맛을 거두기 위하여 무엇으로나 입가심을 하고 싶었다.

커피! 좋다. 그러나 경성역 홀에 한 걸음 들여놓았을 때 나는 내 주머니에는 돈이 한 푼도 없는 것을 그것을 깜박 잊었던 것을 깨달았다. 또 아뜩하였다. 나는 어디선가 그저 맥없이 머뭇머뭇하면서 어쩔 줄을 모를 뿐이었다. 얼빠진 사람처럼 그저 이리 갔다 저리 갔다 하면서 …….

나는 어디로, 어디로 들입다 쏘다녔는지 하나도 모른다. 다만 몇 시간 후에 내가 '미쓰꼬시' 옥상에 있는 것을 깨달았을 때는 거의 대낮이었다.

나는 거기 아무 데나 주저앉아서 내 자라 온 스물여섯 해를 회고하여 보았다. 몽롱한 기억 속에서는 이렇다는 아무 제목도 불거져 나오지 않았다.

나는 또 내 자신에게 물어 보았다. 너는 인생에 무슨 욕심이 있느냐고, 그러나 있다고도 없다고도 그런 대답은 하기가 싫었다. 나는 거의 나 자신의 존재를 인식하기조차도 어려웠다.

허리를 굽혀서 나는 그저 금붕어를 들여다보고 있었다. 금붕어는 참 잘들도 생겼다. 작은놈은 작은놈대로 큰놈은 큰놈대로 다 싱싱하니 보기 좋았다. 내려 비치는 5월 햇살에 금붕어들은 그릇 바탕에 그림자를 내려뜨렸다. 지느러미는 하늘하늘 손수건을 흔드는 흉내를 낸다. 나는 이 지느러미 수효를 헤어 보기도 하면서 굽힌 허리를 좀처럼 펴지 않았다. 등이 따뜻하다.

나는 또 오탁의 거리를 내려다보았다. 거기서는 피곤한 생활이 똑 금붕어 지느러미처럼 흐늑흐늑 허우적거렸다. 눈에 보이지 않는 끈적끈적한 줄에 엉켜서 헤어나지들을 못한다. 나는 피로와 공복 나서서 나는 또 문득 생각하여 보았다. 이 발길이 지금 어디로 향하여 가는 것인가를…… 그때 내 눈앞에는 아내의 모가지가 벼락처럼 내려 떨어졌다. 아스피린과 아달린.

우리들은 서로 오해하고 있느니라. 설마 아내가 아스피린 대신에 아달린의 정량을 나에게 먹여 왔을까? 나는 그것을 믿을 수는 없다. 아내가 대체 그럴 까닭이 없을 것이니, 그러면 나는 날밤을 새면서 도둑질을 계집질을 하였나? 정말이지 아니다.

우리 부부는 숙명적으로 발이 맞지 않는 절름발이인 것이다. 내나 아내나 제 거동에 로직(논리)을 붙일 필요는 없다. 변해할 필요도 없다. 사실은 사실대로 오해는 오해대로 그저 끝없이 발을 절뚝거리면서 세상을 걸어가면 되는 것이다. 그렇지 않을까?

그러나 나는 이 발길이 아내에게로 돌아가야

옳은가 이것만은 분간하기가 좀 어려웠다. 가야 하나? 그럼 어디로 가나?

이때 뚜우 하고 정오 사이렌이 울었다. 사람들은 모두 네 활개를 펴고 닭처럼 푸드덕거리는 것 같고 온갖 유리와 강철과 대리석과 지폐와 잉크가 부글부글 끓고 수선을 떨고 하는 것 같은 찰나! 그야말로 현란을 극한 정오다.

나는 불현듯 겨드랑이가 가렵다. 아하, 그것은 내 인공의 날개가 돋았던 자국이다. 오늘은 없는 이 날개. 머릿속에서는 희망과 야심이 말소된 페이지가 딕셔너리(사전) 넘어가듯 번뜩였다.

나는 걷던 걸음을 멈추고 그리고 일어나 한 번 이렇게 외쳐 보고 싶었다.

날개야 다시 돋아라.

날자. 날자. 한 번만 더 날자꾸나.

한 번만 더 날아 보자꾸나.

발가락이 닮았다

김동인

1

노총각 M이 혼약을 하였다.

우리들은 이 소식을 들을 때에 뜻하지 않고 서로 얼굴을 마주보았습니다.

M은 서른두 살이었습니다. 세태가 갑자기 변하면서 혹은 경제문제 때문에, 혹은 적당한 배우자가 발견되지 않기 때문에, 혹은 단지 조혼(早婚)이라 하는 데 대한 반항심 때문에, 늦도록 총각으로 지내는 사람이 많아 가기는 하지만, 서른두 살의 총각은 아무리 생각하여도 좀 너무

늦은 감이 없지 않았습니다. 그래서 그의 친구들은 아직껏 기회가 있을 때마다 그에게 채근비슷이, 결혼에 대한 주의를 하고 하였습니다. 그러나 M은 언제나 그런 의론을 받을 때마다 (속으로는 매우 흥미를 가진 것이 분명한데) 겉으로는 고소로써 친구들의 말을 거절하고 하였습니다. 그러던 M이 우리의 모르는 틈에 어느덧 혼약을 한 것이외다.

M은 가난하였습니다. 매우 불안정한 어떤 회사의 월급쟁이였습니다. 이 뿌리 약한 그의 경제상태가 그로 하여금 늙도록 총각으로 지내게 한 듯도 합니다. 그리고 이 때문에 친구들은 M의 총각생활을 애석히 생각하여 장가들기를 권하는 것이었습니다.

그러나 나만은 M이 장가를 가지 않는 데 다른 종류의 해석을 내리고 있었습니다. 의사라는 나의 직업이 발견한 M의 육체적의 결함— 이것 때문에 M은 서른이 넘도록 총각으로 지낸다, 나는 이렇게 믿고 있었습니다.

M은, 학생시대부터 대단한 방탕생활을 하였습니다. 방탕이래야 금전상의 여유가 부족한 그는, 가장 하류에 속하는 방탕을 하였습니다. 오십 전 혹은 일 원만 생기면, 즉시로 우동집이나 유곽[8]으로 달려가던 그였습니다. 체질상, 성욕이 강한 그는, 그 불붙는 성욕을 끄기 위하여 눈앞에 닥치는 기회는 한 번도 놓치지 않았습니다. 친구들을 만날지라도, 음식을 한턱하라기보다 유곽을 한턱하라는 그였습니다.

"질(質)로는 모르지만, 양(量)으로는 세계의 누구에게든 그다지 지지 않을 테다."

관계한 여인의 수효에 대하여 이렇게 발언하

---

8) 유곽(遊廓), 많은 창녀를 두고 매음 영업을 하는 집. 또는 그런 집이 모여 있는 곳.

기를 주저치 않으리만치, 그는 선택(選擇)이라는 도정을 밟지 않고 집어세었습니다. 스물서너 살에 벌써 이백 명은 넘으리라는 것을 발표하였습니다.

서른 살 때는 벌써 괴승(怪僧) 신돈(辛旽)[9]이를 멀리 눈 아래로 굽어보았을 것입니다. 그런지라, 온갖 성병(性病)을 경험하지 못한 것이 없었습니다. 더구나, 술이 억배요, 그 위에 유달리 성욕이 강한 그는, 성병에 걸린 동안도 결코 삼가지를 않았습니다. 1년 360여 일 그에게서 성병이 떠나 본 적은 없었습니다. 늘 농이 흐르고, 한 달 건너만큼 고환염(睾丸炎, 고환에 생기

9) 신돈(辛旽), 고려 말기의 승려. 자는 요공(耀空). 호는 청한 거사(淸閑居士). 공민왕에게 등용되어 국정을 장악하고, 전제 개혁(田制改革), 노비 해방 따위의 개혁 정책을 폈으나, 상층 계급의 반발로 실패하였으며, 후에 왕의 시해를 음모하다 발각되어 처형되었다.

는 염증)으로써, 걸음걸이도 거북스러운 꼴을 하여 가지고 나한테 주사를 맞으러 오고하였습니다. 그러는 동안에도, 50전, 혹은 일 원만 생기면 또한 성행위를 합니다. 이런지라 무론 그는 생식능력이 없어진 사람이었습니다.

이 일을 잘 아는 나는, M이 결혼을 안 하는 이유를 여기다가 연결시켜 가지고, 그의 도덕심(?)에 동정까지 하고 있었습니다. 일생을 빈곤한 가운데서 보내고, 늙은 뒤에도 슬하도 없이 쓸쓸하게 지낼 그, 더구나 자기를 봉양할 슬하가 없기 때문에, 백발이 되도록 제 손으로 이 고해를 헤엄치어 나갈 그는, 과연 한 가련한 존재이겠습니다.

이렇던 M이 어느덧 우리의 모르는 틈에 우물쭈물 혼약을 한 것이외다.

하기는 며칠 전에 이런 일이 있었습니다. 그날

저녁을 먹은 뒤에, 혼자서 신간 치료보고서를 읽고 있을 때에 M이 찾아왔습니다. 그리고 비교적 어두운 얼굴로서, 내가 묻는 이야기에도 그다지 시원치 않은 듯이 입술엣 대답을 억지로 하고 있다가, 이런 질문을 나에게 던졌습니다.

“남자가 매독을 앓으면 생식을 못 하나?”

“괜찮겠지.”

“임질은?”

“글쎄, 고환을 오카사레루(침범당하다)하지 않으면 괜찮어.”

“고환은— 내 친구 가운데 고환염을 앓은 사람이 있는데, 인제는 생식을 못 하겠다고 비관이 여간이 아니야. 고환을 오카사레루하면 절대 불가능인가? 양쪽 다 앓았다는데…….”

2

"그것도 경하게 앓았으면 영향 없겠지."

"가령 그 경하다 치면, 내가 앓은 게 그게 경한 편일까, 중한 편일까?"

나는 뜻하지 않고 그의 얼굴을 보았습니다. 중하기도 그만치 중하게 앓은 뒤에, 지금 그게 경한 게냐 중한 게냐 묻는 것이 농담으로밖에는 들리지 않았으므로…… M의 얼굴은 역시 무겁고 어두웠습니다. 무슨 중대한 선고를 기다리는 사람과 같이 눈을 푹 내리뜨고 나의 대답을 기다리고 있었습니다. 잠시 그의 얼굴을 바라본 뒤에, 나는 어이가 없어서,

"아주 경한 편이지."

이렇게 대답하여 버렸습니다.

"경한 편?"

"그럼."

이리하여 작별을 하였는데, 지금에 이르러 생각하면 그 저녁의 그 문답이 오늘날의 그의 혼약을 이루게 하지 않았는가 합니다.

3

M이 혼약을 하였다는 기보(奇報)를 가지고 온 것은 T라는 친구였습니다. 그때는 마침(다 M을 아는) 친구가 너덧 사람 모여 있을 때였습니다.

“골동(骨董) 국보 하나 없어졌다.”

누가 이런 비평을 가하였습니다. 나는 T에게 이렇게 물었습니다.

“그래 연애로 혼약이 된 셈인가요?”

“연애? 연애가 다 무에요. 갈보밖에는 여자라는 걸 모르는 녀석이, 어디서 연애의 대상을 구하겠소?”

4

"그럼 지참금(持參金)이라도 있답디까?"

"지참금이란 뉘 집 애 이름이오?"

나는 여기서 이 혼약에 대하여 가장 불유쾌한 한 면을 보았습니다. 삼십이 넘도록 총각으로 지낸 그로서, 연애라 하는 기묘한 정사 때문에 그 절(節)을 굽혔다면, 그것은 도리어 축하할 일이지 책할 일이 아니외다. 지참금을 바라고 혼약을 하였다 하여도, 지금의 세상에 살아가는 우리로서(더구나 그의 빈곤을 잘 아는 처지인지라) 크게 욕할 수가 없는 일이외다. 그러나 연애도 아니요, 금전문제도 아닌 이 혼약에서는, 가장 불유쾌한 한가지의 결론밖에는 얻을 수가 없습니다.

"그럼—"

나는 가장 불유쾌한 어조로 이렇게 말하였습

니다.

"유곽에 다닐 비용을 경제하기 위하여 마누라를 얻는 셈이구료."

이 혹평(酷評)에 대하여는 T는 마땅치 않다는 듯이 나를 보았습니다.

"그렇게 혹언할 것도 아니겠지요. M도 벌써 서른두 살이든가, 세 살이든가, 좌우간 그만하면 차차로 자식도 무릎에 앉혀 보고 싶을 게고, 그렇다고 마땅한 마누라를 선택할 길이나 방법은 없고—"

"자식? 고환염만큼이나 심히 앓은 녀석에게 자식? 자식은—"

불유쾌하기 때문에 경솔히도 직업적 비밀을 입 밖에 내인 나는 하던 말을 중도에 끊어 버렸습니다. 그러나 이미 한 말까지는 도로 삼킬 수가 없었습니다.

"네? 그게 무슨 말씀이오?"

M의 생식능력에 대하여 사면에서 질문이 들어왔습니다.

이미 한 말에 대하여 책임을 지지 않을 수 없는 나는, 그 말을 돌려 꾸미기에 한참 애를 썼습니다. 단언할 수는 없지만 혹은 M은 생식능력이 없을지도 모른다. 그러나 진찰을 안 해본 바이니까, 혹은 또한 생식능력이 있을지도 모른다. M이 너무도 싱거운 혼약을 한 데 대하여 불유쾌하여 그런 혹언은 하였지만 그 말은 취소한다. 이러한 뜻으로 꾸며 대었습니다. 그리고 그 좌석에 있던 스무 살쯤 난 젊은이가,

"외려 일생을 자식 없이 지내면 편치 않아요?"

이러한 의견을 내이는 데 대하여, '젊은이로서는 도저히 이해할 수 없는 혈속의 애정'이라는 문제와, 그 문제를 너무도 무시하는 이즈음의 풍

조에 대한 논평으로 말머리를 돌려 버리고 말았습니다.

M은 몰래 결혼식까지 하였습니다. 그의 친구들로서 M의 결혼식의 날짜를 미리 안 사람은 한 사람도 없었습니다. 뿐만 아니라, 지금 모두들 제각기 하는 소위 신식 혼례식을 하지 않고, 제 집에서 구식으로 하였습니다. 모여고보 출신인 신부는 구식 결혼식이 싫다고 하였지만, M이 억지로 한 것이라 합니다.

이리하여 유곽에서는 한 부지런한 손님을 잃어버렸습니다.

5

"독점이라 하는 건 참 유쾌하거든."

결혼한 뒤에 M은 어떤 친구에게 이런 말을 하였다 합니다. 비록 연애로써 성립된 결혼은 아니지만, 그다지 실패의 결혼은 아닌 듯 하였습니다. 50전, 혹은 1원의 돈을 내어던지고 순간적 성욕의 만족을 사던 이 노총각이, 꿈에도 생각지 못할 독점을 하였으매, 그의 긍지가 작지 않았을 것이외다. 연애결혼은 아니었지만 결혼한 뒤에 연애가 생긴 듯 하였습니다. 언제든 음침한 기분이 떠돌던 그의 얼굴이, 그럴싸해서 그런지 좀 밝아진 듯 하였습니다.

"복받거라."

우리들, 더구나 나는 그들의 결혼을 심축하였습니다. 처음에는 한낱 M의 성행위의 기구로 M과 결합하게 된 커다란 희생물인 그의 젊은 아내를 위하여, 이것이 행복한 결혼이 되기를 축수하였습니다. 동기는 여하튼 결과에 있어서 아름다운 열매를 맺어라. 너의 아내로서, 한개 '희생물'이 되지 않게 하여라. 어머니로서의 즐거움을 맛볼 기회가 없는 너의 아내에게, 그 대신 아내로서는 남에게 곱 되는 즐거움을 맛보게 하여라. M의 일을 생각할 때마다 진심으로 이렇게 축수하였습니다.

신혼의 며칠이 지난 뒤부터는 M이 자기의 젊은 아내를 학대한다는 소문이 조금씩 들렸습니다. 완력을 사용한단 말까지 조금씩 들렸습니다. 그러나 나는 이 문제는 그다지 크게 생각지 않았습니다. 이런 소문이 귀에 들어 올 때마다, 나는 〈아라비안 나이트〉의 마신(魔神, 재앙을 주는 신)의 이야기를 머릿속에서 되풀이하여 보고 하였습니다.

어떤 어부가 그물질을 하고 있었습니다. 그런데 한번 그물을 끌어 올리니까 거기는 고기는 없고, 그 대신, 병(甁)이 하나 걸려 있었습니다. 병은 마개가 닫혀 있고, 그 위에 납〔鉛〕으로 굳게 봉함까지 되어 있었습니다. 어부는 잠시 주저한 뒤에 그 병의 봉함을 뜯고 마개를 뽑아 보았습니다. 즉, 병에서는 한 줄기 검은 연기가 하늘로 올라갔습니다. 그리고 하늘로 올라간 그 연기는 차차 뭉쳐서 거기는 커다란 마신이 나타났습니다.

"나를 이 병 속에 감금한 것은 선지자 솔로몬이다. 이 병 속에 갇혀 있는 동안 나는 스스로 맹서하였다. 백 년 안에 나를 구해 주는 사람이 있으면, 나는 그 사람에게 거대한 부(富)를 주겠다고. 그리고 백 년을 기다렸지만 아무도 나를 구해 주는 사람이 없었다. 그래서 나는 다시 맹서했다. 인제 다시 백 년 안으로 나를 구해 주는 사람이 있으면 나는 그 사람에게 이 세상에 있는 보배를 다 주겠다고. 그리고 헛되이 백 년을 더 기다린 뒤에, 백 년을 더 연기해서 그 백

년 안에 나를 구해 주는 사람이 있으면, 그 사람에게 이 세상에서 가장 큰 권세와 영화를 주겠다고— 그러나 그 백 년이 다 지나도 역시 구해 주는 사람은 없었다. 그래서 나는 마지막으로 다시 맹서했다. 인제 누구든지 나를 구해 주는 놈이 있거든 당장에 그놈을 죽여서 그새 갇혀 있던 그 분풀이를 하겠다고."

이것이 병 속에서 나온 마신의 이야기였습니다. M이 자기의 젊은 아내를 학대한다는 소문이 들릴 때에, 나는 이 이야기를 생각지 않을 수가 없었습니다. 삼십이 지나도록 총각으로 지낸 그 고통과 고적함에 대한 분풀이를 제 아내에게 하는 것이라 했습니다. 그리고 실컷 학대해라 실컷 학대해라, 더욱 축수하였습니다.

6

M이 결혼한 지 일 년이 거의 된 어떤 날 저녁이었습니다. 그와 나는 어떤 곳에서 저녁을 같이 하고 있었습니다.

그의 얼굴은 이날 유난히 어둡고 무거웠습니다. 그는 음식에는 거의 손을 대지 않고 술만 들이켜고 있었습니다. 본시 말이 많지 않은 그가 이날은 더욱 입이 무거웠습니다.

몹시 취하여 더 술을 먹지 못하리만치 되어서, 그는 처음으로 자발적으로 입을 열었습니다. 충혈이 된 그의 눈은 무시무시하게 번득였습니다.

"여보게, 여보게, 속이지 말구 진정으로 말해주게. 내게 생식능력이 있겠나?"

"글쎄, 검사를 해봐야지."

나는 이만치 하여 넘기려 하였습니다.

"그럼 한번 진찰해 봐주게."

"왜 갑자기—"

그는 곧 대답하려 하였습니다. 그러나 나오려던 말을 삼켰습니다. 그리고 다시 술을 한잔 먹은 뒤에 눈을 푹 내려뜨며 말했습니다.

"아니, 다른 게 아니라, 내게 만약 생식능력이 없다면 저 사람(자기의 아내)이 불쌍하지 않나. 그래서 없는 게 판명되면, 아직 젊었을 때에 헤져서 저 사람이 제 운명을 다시 개척할 '때'를 줘야지 않겠나? 그래서 말일세."

"진찰해 보아야지."

"그럼 언제 해보세."

그 며칠 뒤에 나는 M의 아내가 임신했다는 소문을 듣고 깜짝 놀랐습니다. 검사해 볼 필요도 없습니다. M은 그 능력이 없을 것입니다. 그런데 M의 아내는 임신했습니다.

그리고 며칠 전에 M이 검사하겠다던 마음을

짐작했습니다. 그것은 결코 그날의 제 말마따나 '아내의 장래를 위하여' 하려는 것이 아니고, 아내에게 대한 의혹 때문에 하여 보려는 것일 것이외다. 자기도 온전히 모르는 바는 아니로되, 십중팔구는 자기는 생식불능자일 텐데 자기의 아내는 임신을 한 것이외다.

생각하면 재미있는 연극이외다. 생식능력이 없는 M은, 그런 기색도 뵈지 않고 결혼을 하였습니다. 그리하여 M에게로 시집을 온 새 아내는 임신을 하였습니다. 제 남편이 생식불능자인 줄을 모르는 아내는, 뻐젓이 자기의 가진 죄의 씨를 M에게 자랑하고 있을 것이외다. 일찍이 자기가 생식불능자인지도 모르겠다는 점을 밝혀주지 않은 M은, 지금 이 의혹의 구렁텅이에서도 제 아내를 책할 권리가 없을 것이외다. 그가 검사를 하겠다 하나, 검사를 하여서 자기가 불

구자인 것이 판명된 뒤에는 어떤 수단을 취할는지 짐작도 할 수가 없습니다. 아내의 음행을 책하자면, 자기의 사기적 행위를 폭로시키지 않을 수가 없을 것이외다. 그것을 감추자면, 제 번민만 더욱 크게 할 것이외다.

어떤 날 그는 검사를 하자고 왔습니다. 그때 마침 환자가 몇 사람 밀려 있던 관계상, 나는 그를 내 사실에 가서 좀 기다리라 하고, 환자 처리를 다 하고 내려갔습니다. 그랬더니 그는 나를 기다리지 않고 돌아가 버렸습니다.

이튿날 그는 다시 왔습니다. 그러나 그는 또 돌아가 버렸습니다.

나도 사실 어찌하여야 할지 똑똑히 마음을 작정치 못했던 것이외다. 검사한 뒤에 당연히 사멸해 있을 생식능력을, 살아 있다고 하자니, 그것은 나의 과학적 양심이 허락지 않는 바외다.

그러나 또한 사멸하였다고 하자니, 이것은 한 사람의 일생을 망쳐 버리는 무서운 선고에 다름 없습니다. M이라 하는 정당한 남편을 두고도 불의의 쾌락을 취하는 M의 아내는 분명히 책받을 여인이겠지요.

그러나 또한 다른 편으로 이 사건을 관찰할 때에, 내가 눈을 꾹 감고 그릇된 검안을 내린다면 그로 인하여, 절대로 불가능하던 M이 슬하에 사랑스런 자식(?)을 두고 거기서 노후의 위안도 얻을 수 있을 것이요, 만사가 원만히 해결될 것이외다.

내가 자유로 선택할 수 있는 두 가지의 갈림길에 서서, 나는 어느 편 길을 취하여야 할지 판단을 주저하고 있었습니다.

이 문제가 사오 일 뒤에 저절로 해결이 되었습니다. 그날도 역시 침울한 얼굴로 찾아온 M

에게 대하여 나는 의리상,

"오늘 검사해 보자나?"

하니깐 그는 간단히 대답하였습니다.

"벌써 했네."

"응? 어디서?"

"P병원에서."

"그래서 결과는?"

"살았다데."

"?"

나는 뜻하지 않고 그의 얼굴을 보았습니다. 그것은 의외의 대답을 들은 때문이라기보다 오히려 '살았다데' 하는 그의 음성이 너무 침통하기 때문에…….

이렇게 대답하는 동안 나는 내가 하마터면 질뻔한 괴로운 임무에서 벗어난 안심을 느끼는 동시에, P병원에서의 검안의 의외에 눈을 크게 뜨지 않을 수가 없었습니다.

내 눈을 만난 M의 눈은 낭패한 듯이 이리저리 돌아다녔습니다. 그리고 나는 그 눈으로 그가 방금 한 말이 거짓말이었음을 알았습니다.

그럼 그는 왜 거짓말을 하였나. 자기의 아내의 명예를 보호하기 위하여? 세상과 및 제 마음을 속여 가면서라도 자식을 슬하에 두어 보기 위하여? 나는 그의 마음을 알 수가 없었습니다.

그가 입을 열었습니다. 무겁고 침울한 음성이었습니다.

“여보게, 자네 이런 기모치(기분) 알겠나?”

“어떤?”

그는 잠시 쉬어서 말을 시작했습니다.

“월급쟁이가 월급을 받았네. 받은 즉시로 나와서 먹고 쓰고 사고, 실컷 마음대로 돈을 썼네. 막상 집으로 돌아가는 길일세. 지갑 속에 돈이 몇 푼 안 남아 있을 것은 분명해. 그렇지만 지갑을 못 열어 봐. 열어 보기 전에는 혹은 아직은 꽤 많이 남아 있겠거니 하는 요행심도 붙일 수 있겠지만, 급기 열어 보면 몇 푼 안 남은 게 사실로 나타나지 않겠나? 그게 무서워서 아직 있거니, 스스로 속이네그려. 쌀도 사야지. 나무도 사야지. 열어 보면 그걸 살 돈이 없는 게, 사실로 나타날 테란 말이지. 그래서 할 수 있는 대로 지갑에서 손을 멀리하고 제 집으로 돌아오네. 그 기모치 알겠나?"

나는 머리를 끄덕이었습니다.

"알겠네."

그는 다시 입을 봉하였습니다. 그러나 그때에 나는 알았습니다. M은 검사도 하여 보지 않은 것이외다. 그는 무서워합니다. 그는 검사를 피합니다. 자기의 아내가 임신을 하였습니다. 그것은, 상식으로 판단하여 무론 남편의 아이일 것이외다. 거기에 대하여 의심을 품을 자는 하나도 없을 것이외다. 의심을 품을 필요도 없는 것이외다. 왜? 여인이 남편을 맞으면 원칙상 임신을 하는 것이 당연한 일이니깐.

이 의심할 필요가 없는 일을 의심하다가 향기롭지 못한 결과가 나타나면 이것은 자작지얼(自作之孼)[10]로서 원망을 할 곳이 없을 것이외다.

벌의 둥지를 건드리는 것은 어리석은 짓이외다. 십중팔구는 향기롭지 못한 결과가 나타날 '검사'를 M은 회피한 것이외다. 절망을 스스로 사지 않으려, 그리고 번민 가운데서도 끝끝내 일루의 희망을 붙여 두려 M은 온전히 '검사'라는 위험한 벌의 둥지를 건드리지 않기로 한 것이외다. 그리고 상식으로 판단할 수 있는(제 아

10) 자작지얼(自作之孼), 자기가 저지른 일 때문에 생긴 재앙.

내의 뱃속에 있는) 자식에게 대하여, 억지로 애정을 가져 보려 결심한 것이외다. 검사를 하여서 정충이 살아 있다면 다행한 일이지만, 사멸하였다면 시재 제 아내와의 새에 생길 비극과 분노와 절망은 둘째 두고라도, 일생을 슬하에 혈육이 없이 보내고, 노후에 의탁할 곳을 가질 가능성조차 없는 절망의 지위에 빠지지 않을 수가 없을 것이외다.

이것은 무서운 일이외다. 상식으로 판단할 수 있는 일을 거부하고까지 이런 모험행위를 할 필요가 없을 것이외다.

이리하여 그는 검사는 단념했지만, 마음에 있는 의혹뿐인 온전히 끄지를 못한 모양이었습니다. 그 뒤에 어떤 날, 그는 이런 이야기 저런 이야기 하다가 이런 말을 했습니다.

"자식은 꼭 제 애비를 닮는다면 좋겠구먼

……."

거기 대하여 나는 닮는 예를 여러 가지로 들어서 말하여 주었습니다.

그는 한숨을 쉬었습니다.

"여인이 애를 배면 걱정일 테야. 아버지나 친할아비를 닮는다면 문제가 없겠지만, 외편을 닮거나, 그렇지 않으면, 아무도 닮지 않으면 걱정이 아니겠나. 그저 애비를 닮아야 제일이야, 하하하."

나는 대답하였습니다.

"글쎄 말이지, 내 전문이 아니니깐 이름은 기억 못 하지만, 독일 소설에 이런 게 있지 않나. 「아버지」라나 하는 희곡 말일세. 자식을 낳았는데, 제 자식인지 아닌지 몰라서 번민하는 그런 이야기가 있지? 그것도 아버지만 닮으면 문제가 없겠지."

"아— 아, 다 귀찮아."

7

M의 아내가 아들을 낳았습니다.

그 아이가 반년쯤 자랐습니다.

어떤 날 M은 그 아이를 몸소 안고 병을 뵈러 나한테 왔습니다. 기관지가 조금 상하였습니다.

약을 받아 가지고도 그냥 좀 앉아 있던 M은 묻지도 않는 말을 이런 말을 하였습니다.

"이놈이 꼭 제 증조부님을 닮았다 거든."

"그래?"

나는 그의 말에 적지 않은 흥미를 느끼면서 이렇게 응했습니다. 내 눈으로 보자면, 그 어린애와 M과는 아무런 관련도 없는 바인데, 그 애가 M의 할아버지를 닮았다는 것은 기이하므로…… 어린애의 진편과 외편의 근친(近親)에서 아무도 비슷한 사람을 찾아내지 못한 M의 친척은, 하릴없이 예전의 죽은 조상을 들추어낸 모양이었습니다. 그리고 그 어린애에게, 커다란 의혹과 그보다 더 커다란 희망(의혹이 오해였던 것을 바라는)은 M으로 하여금 손쉽게 그 말을 믿게 한 모양이었습니다. 적어도 신뢰하려고 마음먹게 한 모양이었습니다.

내가 자기의 말에 흥미를 가지는 것을 본 M은, 잠시 주저하다가 그가 예비하였던 두 번째 말을 마침내 꺼내었습니다.

"게다가 날 닮은 데도 있어."

"어디?"

"이보게."

M은 어린애를 왼편 팔로 가만히 옮겨서 붙안으면서, 오른손으로는 제 양말을 벗었습니다.

"내 발가락 보게. 내 발가락은 남의 발가락과 달라서 가운데 발가락이 그중 길어. 쉽지 않은 발가락이야. 한데—"

M은 강보를 들치고 어린애의 발을 가만히 꺼내어 놓았습니다.

"이놈의 발가락 보게. 꼭 내 발가락 아닌가? 닮았거든……."

M은 열심히 찬성을 구하는 듯이 내 얼굴을 바라보았습니다. 얼마나 닮은 곳을 찾아보았기에 발가락 닮은 것을 찾아내었겠습니까!

나는 M의 마음과 노력에 눈물겨워졌습니다. 커다란 의혹 가운데서, 그 의혹을 어떻게 하여서든 삭여 보려는 M의 노력은, 인생의 가장 요절할 비극이었습니다. M이 보라고 내어놓은 어린애의 발가락은 안 보고 오히려 얼굴만 한참 들여다보고 있다가, 나는 마침내 이렇게 말하였습니다.

"발가락뿐 아니라, 얼굴도 닮은 데가 있네."

그리고 나의 얼굴로 날아오는(의혹과 희망이 섞인) 그의 눈을 피하면서 돌아앉았습니다.

광염 소나타

———— 김동인

一

독자는 이제 내가 쓰려는 이야기를, 유럽의 어떤 곳에 생긴 일이라고 생각하여도 좋다. 혹은 사십 오십 년 뒤에 조선을 무대로 생겨날 이야기라고 생각하여도 좋다. 다만, 이 지구상의 어떠한 곳에 이러한 일이 있었는지도 모르겠다, 있는지도 모르겠다, 혹은 있을지도 모르겠다, 가능성 뿐은 있다— 이만 치 알아두면 그만이다.

그런지라, 내가 여기 쓰려는 이야기의 주인공 되는 '백성수(白性洙)'를 혹은 알벨트라 생각하여도 좋을 것이요 짐이라 생각하여도 좋을 것이요. 또는 호모(胡某)나 기무라모(木村某)로 생각하여도 괜찮다. 다만 사람이라 하는 동물을 주인공삼아 가지고 사람의 세상에서 생겨난 일인 줄만 알면…….

이러한 전제로써, 자 그러면 내 이야기를 시작하자.

*

"기회(찬스)라 하는 것이 사람을 망하게도 하고 흥하게도 하는 것을 아시오?"

"네, 새삼스러이 연구할 문제도 아닐걸요."

"자, 여기 어떤 상점이 있다 합시다. 그런데 마침 주인도 없고 사환도 없고 온통 비었을 적에 우연히 그 앞을 지나가던 신사가— 그 신사는 재산도 있고 명망도 있는 점잖은 사람인데—

그 신사가 빈 상점을 들여다보고 혹은 이렇게 생각할 수도 있지 않아요? 통 비었으니깐 도적놈이라도 넉넉히 들어갈 게다, 들어가서 훔치면 아무도 모를 테다, 집을 왜 이렇게 비워 둔담…… 이런 생각 끝에 혹은 그, 그 뭐랄까 그 돌발적 변태심리로써 조그만 물건 하나(변변치도 않고 욕심도 안 나는)를 집어서 주머니에 넣는 경우가 있을지도 모르지 않겠습니까?"

"글쎄요."

"있습니다, 있어요."

어떤 여름날 저녁이었었다. 도회를 떠난 교외 어떤 강변에 두 노인이 앉아서 이런 이야기를 하고 있었다. 그 기회론을 주장하는 사람은 유명한 음악비평가 K씨였었다. 듣는 사람은 사회교화자의 모씨였었다.

*

"글쎄 있을까요?"

"있어요. 좌우간 있다 가정하고 그러한 경우에는 그 책임은 어디 있습니까?"

"동양 속담 말에 외밭서는 신발 끈도 다시 매지 말랬으니 그 신사가 책임을 질까요?"

"그래 버리면 그뿐이지만 그 신사는 점잖은 사람으로서 그런 절대적 기묘한 찬스만 아니더라면 그런 마음은커녕 염도 내지도 않을 사람이라 생각하면 어찌 됩니까?"

"……"

"말하자면 죄는 '기회'에 있는데 '기회'라는 무형물은 벌은 할 수가 없으니깐 그 신사를 가해자로 인정할 수밖에는 지금은 없지요."

"그렇습니다."

"또 한 가지—사람의 천재라 하는 것도 경우에

따라서는 어떤 '기회'가 없으면 영구히 안 나타나고 마는 일이 있는데, 그 '기회'란 것이 어떤 사람에게서 그 사람의 '천재'와 '범죄 본능'을 한꺼번에 끄집어내었다면 우리는 그 '기회'를 저주하여야겠습니까. 축복하여야겠습니까?"

"글쎄요."

"선생은 백성수라는 사람을 아시오?"

"백성수? 자, 기억이 없는데요."

"작곡가로서 그—"

"네, 생각납니다. 유명한 '광염(狂炎) 소나타'의 작가 말씀이지요?"

"네, 그 사람이 지금 어디 있는지 아십니까?"

"모릅니다. 뭐 발광했단 말이 있었는데—"

"네, 지금 ××정신병원에 감금돼 있는데 그 사람의 일대기를 이야기 할게 들으시고 사회 교화자로서의 의견을 말씀해 주십쇼."

*

내가 이제 이야기하려는 백성수의 아버지도 또한 천분 많은 음악가였습니다. 나와는 동창생이었는데 학생시대부터 벌써 그의 천분은 넉넉히 볼 수가 있었습니다. 그는 작곡과를 전공하였는데 때때로 스스로 작곡을 하여서는 밤중에 혼자서 피아노를 두드리고 하여서 우리들로 하여금 뜻하지 않고 일어나게 하고 하였습니다. 그리고 우리는 그 밤중에 울리어 오는 야성적 선율에 몸을 소스라치고 하였습니다.

그는 야인(野人)이었습니다. 광포스러운 야성은 때때로 비위에 틀리면 선생을 두들기기가 예사이며 우리 학교 근처의 술집이며 모든 상점 주인들은 그에게 매깨나 안 얻어맞은 사람이 없었습니다. 그러한 야성은 그의 음악 속에 풍부히 잠겨 있어서 오히려 그 야성적 힘이 그의 예술을 더 빛나게 하는 것이었습니다.

그러나 그가 학교를 졸업하고 난 뒤에는 그 야성은 다른 곳으로 발전되고 말았습니다. 술! 술! 무서운 술이었습니다. 아침부터 저녁까지, 저녁부터 아침까지, 술잔이 그의 입에서 떠나지를 않았습니다. 그리고 술을 먹고는 여편네들에게 행패를 하고, 경찰서에 구류를 당하고, 나와서는 또 같은 일을 하고…….

작품? 작품이 다 무엇이외까. 술을 먹은 뒤에 취흥에 겨워 때때로 피아노에 앉아서 즉흥으로 탄주를 하고 하였는데 지금 생각하면 그 귀기(鬼氣, 귀신이 붙은 기색)가 사람을 엄습하는 힘과 야성(베토벤 이래로 근대 음악가에서 발견할 수 없던) 그런 보물이라 하여도 좋을 것이 많았지만 우리들은 각각 제 길 닦기에 바쁜 사람이라 주정꾼의 즉흥악(樂)을 일일이 베껴 둔다든가 그런 일은 꿈에도 생각하지 않았습니다.

우리들은 그의 장래를 생각하여 때때로 술을 삼가기를 권고하였지만 그런 야인에게 친구의 권고가 무슨 소용이 있겠습니까.

"술? 술은 음악이다!"

하고는 하하하하 웃어 버리고 다시 술집으로 달아나고 합니다.

그러한 지 칠팔 년이 지난 뒤에 그는 아주 폐인이 되고 말았습니다. 술이 안 들어가면 그의 손은 떨렸습니다. 눈에는 눈곱이 꼈습니다. 그리고 술이 들어가면, 술이 들어가면 그는 그 광포(狂暴, 미쳐 날뛰듯이 매우 거칠고 사나움)성을 발휘하였습니다. 누구를 물론하고 붙잡고는 입에 술을 부어 넣어 주었습니다. 그러다가는 장소를 불문하고 아무 데나 누워서 잡니다.

사실 아까운 천재였습니다. 우리들 새에는 때

때로 그의 천분을 생각하고 아깝게 여기는 한숨이 있었지만 세상에서는 그 '장래가 무서운 한 천재'가 있었다는 것은 몰랐었습니다.

그러는 동안에는 그는 어떤 양가의 처녀를 어떻게 관계를 맺어서 애까지 뱄습니다. 그러나 그 애의 출생을 보지 못하고 아깝게도 심장마비로 죽어 버리고 말았습니다.

그 유복자로 세상에 나온 것이 백성수였습니다.

그러나 우리는 백성수가 세상에 출생되었다는 풍문만 들었지, 그 애 아버지가 죽은 뒤부터는 그 애의 소식이며 그 애 어머니의 소식은 일절 몰랐습니다. 아니, 몰랐다는 것보다, 그 집안의 일은 우리의 머리에서 온전히 잊어버리고 말았습니다.

*

삼십 년이라는 세월이 흘렀습니다.

십 년이면 산천도 변한다 하는데 삼십 년 새의 변천을 어찌 이루 다 말하겠습니까. 좌우간 그 동안에 나는 내 이름을 닦아 놓았습니다. 아시다시피 지금 K라 하면 이 나라에서 첫 손가락을 꼽는 음악비평가가 아닙니까. 견실한 지도적 비평가 K라면 이 나라의 음악계의 권위이며, 이 나의 한마디는 음악가의 가치를 결정하는 판결문이라 하여도 옳을 만치 되었습니다. 많은 음악가가 내 손 아래서 자랐으며 많은 음악가가 내 지도로써 이름을 날렸습니다.

*

재작년 이른 봄 어떤 날이었습니다.

그때 나는 조용한 밤중의 몇 시간씩을 ○○예

배당에 가서 명상으로 시간을 보내는 것이 습관이 되어 있었습니다. 언덕 위에 홀로 서 있는 집으로서 조용한 밤중에 혼자 앉아 있노라면 때때로 들보에서 놀라 깬 비둘기의 날개 소리와 간간이 기둥에서 뚝뚝 하는 소리밖에는 아무 소리도 들리지 않는, 말하자면 나 같은 괴상한 성미를 가진 사람이 아니면 돈을 주면서 들어가래도 들어가지 않을 음침한 집이었습니다. 그러나 나 같은 명상을 즐기는 사람에게는 다른 데서 구하기 힘들도록 온갖 것을 가진 집이었습니다. 외딴 곳이고 조용하고 음침하며 간간이 알지 못할 신비한 소리까지 들리며 멀리서는 때때로 놀란 듯한 기적(汽笛) 소리도 들리는⋯⋯ 이것뿐으로도 상당한데, 게다가 이 예배당에는 피아노도 한 대 있었습니다. 예배당에는 오르간은 있을지나 피아노가 있는 곳은 쉽지 않은 것으로서 무슨 흥이나 날 때에는 피아노에 가서 한 곡조 두드리는 재미도 또한 괜찮았습니다.

그날 밤도(아마 두시는 지났을걸요) 그 예배당에서 혼자서 눈을 감고 조용한 맛을 즐기고 있노라는데, 갑자기 저편 아래에서 재재 하는 소리가 납디다. 그래서 눈을 번쩍 뜨니까 화광이 충천하였는데, 내다보니까 언덕 아래 어떤 집이 불이 붙으며 사람들이 왔다갔다 야단이었습니다.

이렇게 말하면 어떨지 모르지만 그다지 멀지 않은 곳에서 불붙는 것을 바라보는 맛도 괜찮은 것이었습니다. 일어서는 불길이며 퍼져 나가는 연기, 불씨의 날아나는 양, 그 가운데 거뭇거뭇 보이는 기둥, 집의 송장, 재재거리는 사람의 무리, 이런 것은 어떻게 생각하면 과연 시도 될지며 음악도 될 것이었습니다. 옛날에 네로가 로

마의 불붙는 것을 바라보면서, 자기는 비파를 들고 노래를 하였다는 것도 음악가의 견지로 보면 그다지 나무랄 것이 아니었습니다.

나도 그때에 그 불을 보고 차차 흥이 났습니다. ……네로를 본받아서 나도 즉흥으로 한 곡조 두드려 볼까. 어렴풋이 이런 생각을 하며 나는 그 불을 정신없이 바라보고 있었습니다.

그때였습니다. 갑자기 덜컥덜컥 하는 소리가 들리더니 예배당 문이 열리며 웬 젊은 사람이 하나 낭패한 듯이 뛰어 들어왔습니다. 그리고 무엇에 놀란 사람같이 두리번두리번 사면을 살피더니 그래도 내가 있는 것은 못 보았는지 저편에 있는 창 안에 가서 숨어 서서 아래서 붙는 불을 내다봅니다.

나도 꼼짝을 못 하였습니다. 좌우간 심악스런 사람은 아니요 방화범이나 도적으로밖에는 인정할 수 없지 않겠습니까? 그래서 꼼짝을 못 하고 서 있노라니까 그 사람은 한숨을 쉽니다. 그리고 맥없이 두 팔을 늘이고 도로 나가려고 발을 떼려다가 자기 곁에 피아노가 놓인 것을 보더니 교의를 끌어다 놓고 피아노 앞에 주저앉고 말겠지요. 나도 거기는 그만 직업적 흥미에 끌렸습니다. 그래서 무엇을 하나 보자하고 있노라니까 뚜껑을 열더니 한 번 뚱 하고 시험을 해보아요. 그리고 조금 있더니 다시 뚱뚱 하고 시험을 해 보겠지요.

이때부터 그의 숨소리가 차차 높아 가기 시작했습니다. 씩씩거리며 몹시 흥분된 사람같이 몸을 떨다가 벼락같이 양 손을 키 위에 갖다가 덮었습니다. 그 다음 순간으로 C샤프 단음계의 알레그로가 시작되었습니다.

처음에는 다만 흥미로써 그의 모양을 엿보고

있던 나는 그 알레그로가 울리어 나오는 순간 마음은 끝까지 긴장되고 흥분되었습니다.

그것은 순전한 야성적 음향이었습니다. 음악이라 하기에는 너무 힘 있고 무기교(無技巧)이었습니다. 그러나 음악이 아니라기에는 거기는 너무 괴롭고도 무겁고 힘 있는 '감정'이 들어 있었습니다. 그것은 마치 야반의 종소리와도 같이 사람의 마음을 무겁고 음침하게 하는 음향인 동시에 맹수의 부르짖음과 같이 사람으로 하여금 소름 돋치게 하는 무서운 감정의 발현이었습니다. 아아. 그 야성적 힘과 남성적 부르짖음, 그 아래 감추어 있는 침통한 주림과 아픔, 순박하고도 아무 기교가 없는 그 표현!

나는 덜썩 그 자리에 주저앉고 말았습니다. 그리고 음악가의 본능으로써 뜻하지 않고 주머니에서 오선지와 연필을 꺼내었습니다. 피아노의 울리어 나아가는 소리에 따라서 나의 연필은 오선지 위에서 뛰놀았습니다.

좀 급속도로 시작된 빈곤, 거기 연하여 주림, 꺼져 가는 불꽃과 같은 목숨, 그러한 것을 지나서 한참 연속되는 완서조(緩徐調, 느린 곡조)의 압축된 감정, 갑자기 튀어져 나오는 광포. 거기 연한 쾌미(快味) 홍소(哄笑)— 이리하여 주화조(主和調)로서 탄주는 끝이 났습니다. 더구나 그 속에 나타나 있는 압축된 감정이며 주림 또는 맹렬한 불길 등이 사람의 마음에 주는 그 처참함이며 광포성은 나로 하여금 아직 '문명'이라 하는 것의 은택에 목욕하여 보지 못한 야인(野人)을 연상케 하였습니다.

탄주가 다 끝이 난 뒤에도 나는 정신을 못 차리고 망연히 앉아 있었습니다. 물론 조금이라도 음악의 소양이 있는 사람일 것 같으면 이제 그

소나타를 음악에 대하여 정통으로 아무러한 수양도 받지 못한 사람이 다만 자기의 천재적 즉흥뿐으로 탄주한 것임을 알 것입니다. 해결이 없이 감칠도 화현(減七度和絃, 서양 문화의 클래식 음악에서 감 7도는 반음계의 반음으로 단7도를 좁혀 생성되는 간격)이며 증육도 화현(增六度和絃, 음악에서 증6도는 장6도를 반음계로 넓혀 만든 음정)을 범벅으로 섞어 놓았으며 금칙(禁則)인 병행 오팔도(竝行五八度)까지 집어넣은 것으로서, 더구나 스케르초는 온전히 뽑아 먹은, 대담하다면 대담하고 무식하다면 무식하달 수도 있는 방분 자유로운 소나타였습니다.

이때에 문득 내 머리에 떠오른 것은 30년 전에 심장마비로 죽은 백○○였습니다. 그의 음악으로서 만약 정통적 훈련만 뽑고 거기다가 야성을 더 집어넣으면 지금 내 눈앞에 있는 그 음악가의 것과 같은 것이 될 것이었습니다. 귀기가 사람을 엄습하는 듯한 그 힘과 방분스런 표현과 야성— 이것은 근대 음악가에게 구하기 힘든 보물이었습니다.

그 소나타에 취하여 한참 정신이 어리둥절히 앉았던 나는 고즈넉이 일어서서, 그 피아노 앞에 가서 그의 어깨에 가만히 손을 얹었습니다. 한 곡조를 타고 나서 아주 곤한 듯이 정신이 없이 앉아 있던 그는 펄떡 놀라며 일어서서 내 얼굴을 보았습니다.

"자네 몇 살 났나?"

나는 그에게 이렇게 첫 말을 물었습니다. 가슴이 답답한 나로서는 이런 말밖에는 갑자기 다른 말이 생각 안 났습니다. 그는 높은 창에서 들어오는 달빛을 받고 있는 내 얼굴을 한순간 쳐다보고 머리를 돌이키고 말았습니다.

"배고프나?"

나는 두 번째 그에게 물었습니다.

그는 시끄러운 듯이 벌떡 일어섰습니다. 그리고 달빛이 비친 내 얼굴을 정면으로 바라보다가,

"아, K선생님 아니세요?"

하면서 나를 붙들었습니다. 그래서 그렇노라고 하니깐,

"사진으로는 늘 봤습니다마는……."

하면서 다시 맥없이 나를 놓으며 머리를 돌렸습니다.

그 순간, 그가 머리를 돌이키는 순간 달빛에 얼핏, 나는 그의 얼굴을 처음으로 보았습니다. 그리고 나는 거기서 뜻밖에 30년 전에 죽은 벗 백○○의 모습을 발견하였습니다.

"자, 자네 이름이 뭐인가?"

"백성수……."

"백성수? 그 백○○의 아들이 아닌가. 삼십 년 전에, 자네가 나오기 전에 세상 떠난……."

그는 머리를 번쩍 들었습니다.

"네? 선생님 어떻게 아세요?"

"백○○의 아들인가? 같이두 생겼다. 내가 자네의 아버지와 동창이네. 아아, 역시 그 애비의 아들이다."

그는 한숨을 길게 쉬며 머리를 수그려 버렸습니다.

*

나는 그날 밤 그 백성수를 데리고 집으로 돌아왔습니다.

그리고 비록 작곡상 온갖 법칙에는 어그러진다 하나 그만치 힘과 정열과 야성으로 찬 소나타를 거저 버리기가 아까워서 다시 한번 피아노에 올라앉기를 명하였습니다. 아까 예배당에서 내가 베낀 것은 알레그로(빠르고 경쾌하게 연주)가 거의 끝난 곳부터였으므로 그 전 것을 베끼기 위해서였습니다.

그는 피아노를 향하여 앉아서 머리를 기울였습니다. 몇 번 손으로 키를 두드려 보다가는 다시 머리를 기울이고 생각하고 하였습니다. 그러나 다섯 번 여섯 번을 다시 하여 보았으나 아무 효과도 없었습니다. 피아노에서 울려 나오는 음향은 규칙 없고 되지 않은 한낱 소음(騷音)에 지나지 못하였습니다. 야성? 힘? 귀기? 그런 것은 없었습니다. 감정의 재뿐이 있었습니다.

"선생님 잘 안 됩니다."

그는 부끄러운 듯이 연하여 고개를 기울이며 이렇게 말하였습니다.

"두 시간도 못 되어서 벌써 잊어버린담?"

나는 그를 밀어 놓고 내가 대신하여 피아노 앞에 앉아서 아까 베낀 그 음보를 펴놓았습니다. 그리고 내가 베낀 곳부터 다시 시작하였습니다.

화염! 화염! 빈곤, 주림, 야성적 힘, 기괴한 감금당한 감정! 음보를 보면서 타던 나는 스스로 흥분이 되었습니다. 미상불(未嘗不, 아닌 게 아니라 과연) 그때는 내 눈은 미친 사람같이 번득였으며 얼굴은 흥분으로 새빨갛게 되었을 것이었습니다.

즉 그때에 그가 갑자기 달려들더니 나를 떠밀쳐 버렸습니다. 그리고 자기가 대신하여 앉았습니다.

의자에서 떨어진 나는 너무 흥분되어 다시 일어날 힘도 없이 그 자리에 앉은 대로 그의 양을 쳐다보았습니다. 그는 나를 밀쳐 버린 다음에 그 음보를 들고서 읽기 시작하였습니다.

아아, 그의 얼굴! 그의 숨소리가 차차 높아지면서 눈은 미친 사람과 같이 빛을 내기 시작하였습니다. 그러더니 그 음보를 홱 내어던지며 문득 벼락같이 그의 두 손은 피아노 위에 덮었습니다.

'C샤프 단음계'의 광포스러운 '소나타'는 다시 시작되었습니다. 폭풍우같이 또는 무서운 물결같이 사람으로 하여금 숨 막히게 하는 그 힘, 그것은 베토벤 이래로 근대 음악가에서 보지 못하던 광포스런 야성이었습니다. 무섭고도 참담스런 주림, 빈곤, 압축된 감정, 거기서 튀어져 나온 맹염(猛炎, 세차게 타오르는 불꽃), 공포, 홍소— 아아 나는 너무 숨이 답답하여 뜻하지 않고 두 손을 홰홰 내저었습니다.

*

그날 밤이 새도록, 그는 흥분이 되어서 자기의 과거를 일일이 다 이야기하였습니다. 그 이야기에 의지하면 대략 그의 경력이 이러하였습니다.

그의 어머니는 그를 밴 뒤에 곧 자기의 친정에서 쫓겨 나왔습니다.

그때부터 그의 가난함은 시작되었습니다.

그러나 교양이 있고 어진 그의 어머니는 품팔이를 할지언정 성수는 곱게 길렀습니다. 변변치는 않으나마 오르간 하나를 준비하여 두고, 그가 잠자려할 때에는 슈베르트의 '자장가'로써 그의 잠을 도왔으며 아침에 깰 때는 하루 종일 유쾌히 지내게 하기 위하여 도 랜드의 '세컨드 왈츠'로써 그의 원기를 돋우었습니다.

그는 세 살 났을 적에 어머니의 품에 안겨서 오르간을 장난하여 보았습니다. 이 오르간을 장난하는 것을 본 어머니는 근근이 돈을 모아서 그가 여섯 살 나는 해에 피아노를 하나 샀습니다.

아침에는 새소리, 바람에 버석거리는 포플러 잎, 어머니의 사랑, 부엌에서 국 끓는 소리, 이러한 모든 것이 이 소년에게는 신비스럽고도 다정스러워 그는 피아노에 향하여 앉아서 생각나는 대로 키를 두드리고 하였습니다.

이러한 가운데 고이 소학과 중학도 마치었습니다. 그러는 동안에 음악에 대한 동경은 그의 가슴에 터질 듯이 쌓였습니다.

중학을 졸업한 뒤에는 인젠 어머니를 위하여 그는 학업을 중지하지 않을 수가 없었습니다. 그는 어떤 공장의 직공이 되었습니다. 그러나 어진 어머니의 교육 아래서 길러난 그는 비록 직공은 되었다 하나 아주 온량한 사람이었습니다.

그리고 음악에 대한 집착은 조금도 줄지 않았습니다. 비록 돈이 없어서 정식으로 음악교육은 못 받을망정 거리에서 손님을 끄느라고 틀어 놓은 유성기 앞이며 또는 일요일 날 예배당에서 찬양대의 노래에 젊은 가슴을 뛰놀던 그이었습니다. 집에서는 피아노 앞을 떠나 본 일이 없었습니다.

때때로 비상한 감흥으로 오선지를 내어놓고 음보를 그려 본 적도 한두 번이 아니었습니다. 그러나 이상한 것은 그만치 뛰놀던 열정과 터질 듯한 감격도 음보로 그려 놓으면 아무 긴장도 없는 싱거운 음계가 되어 버리고 하였습니다. 왜? 그만치 천분이 있고 그만치 열정이 있던 그에게서 왜 그런 재와 같은 음악만 나왔느냐고 물으실 테지요. 거기 대하여서는 이따가 설명하리다.

감격과 불만 열정과 재, 비상한 흥분과 그 흥분에 대한 반비례되는 시원치 않은 결과 이러한 불만의 십 년이 지났습니다.

*

그의 어머니는 문득 몹쓸 병에 걸렸습니다.

자양과 약값, 그의 몇 해를 근근이 모았던 돈은 차차 줄기 시작하였습니다. 조금이라도 안락한 생활이 되기만 하면 정식으로 음악에 대한 교육을 받으려고 모아 두었던 저금은 그의 어머니의 병에 다 들어갔습니다. 그러나 그의 어머니의 병은 차도가 보이지 않았습니다.

그리하여, 그와 내가 그 예배당에서 만나기 전해 여름 어떤 날, 그의 어머니는 도저히 회복할 가망이 없는 중태에까지 빠지게 되었습니다. 그러나 그때는 벌써 그에게는 돈이라고는 다 떨어진 때였습니다.

그날 아침, 그는 위독한 어머니를 버려두고 역시 공장에를 갔습니다. 그러나 아무리 하여도 마음이 놓이지 않아서 일을 중도에 그만두고 집으로 돌아왔습니다. 그때는 어머니는 벌써 혼수상태에 빠져 있었습니다. 가슴이 덜컥 내려앉은 그는 황급히 다시 뛰어나갔습니다. 그러나 어디로? 무얼 하러? 뜻 없이 뛰어나와서 한참 달음박질하다가, 그는 문득 정신을 차리고 의사라도 청할 양으로 힐끗 돌아섰습니다.

그때였습니다. 아까 내가 말한바 '기회'라는 것이 그때에 그의 앞에 나타났습니다. 그것은 조그만 담뱃가게 앞이었는데 가게와 안방과의 새의 문은 닫혀 있고 안에는 미상불 사람이 있을지나 가게를 보는 사람은 눈에 안 띄었습니다. 그리고 그 담배 상자 위에는 오십 전짜리 은전 한 닢과 동전 몇 닢이 놓여 있었습니다.

그는 자기로도 무엇을 하는지 몰랐습니다. 의사를 청하여 오려면, 다만 몇 십 전이라도 돈이 있어야겠단 어렴풋한 생각만 가지고 있던 그는, 한번 사면을 살핀 뒤에 벼락같이 그 돈을 쥐고 달아났습니다.

그러나 그는 이십 간도 뛰지 못하여 따라오는 그 집 사람에게 붙들렸습니다.

그는 몇 번을 사정하였습니다. 마지막에는 자기의 어머니가 명재경각이니, 한 시간만 놓아주면 의사를 어머니에게 보내고 다시 오마고까지 하여 보았습니다. 그러나 그런 말은 모두 헛소리로 돌아가고, 그는 마침내 경찰서로 가게 되었습니다.

경찰서에서 재판소로 재판소에서 감옥으로—

이러한 여섯 달 동안에 그는 이를 갈면서 분해하였습니다. 자기 어머니의 운명이 어찌 되었나. 그는 손과 발을 동동 구르면서 안타까워했습니다. 만약 세상을 떠났다 하면 떠나는 순간에 얼마나 자기를 찾았겠습니까. 임종에도 물 한 잔 떠 넣어 줄 사람이 없는 어머니였습니다. 애타하는 그 모양, 목말라하는 그 모양을 생각하고는 그 어머니에게 지지 않게 자기도 애타하고 목말라했습니다.

반 년 뒤에 겨우 광명한 세상에 나와서 자기의 오막살이를 찾아가매 거기는 벌써 다른 사람이 들어 있었으며 그의 어머니는 반 년 전에 아들을 찾으며 길에까지 기어 나와서 죽었다 합니다.

공동묘지를 가보았으나 분묘조차 발견할 수가 없었습니다.

이리하여 갈 곳이 없이 헤매던 그는 그날도 역시 잘 곳을 찾으러 헤매다가 그 예배당(나하고 만난)까지 뛰어 들어온 것이었습니다.

*

여기까지 이야기해 오던 K씨는 문득 말을 끊었다. 그리고 마도로스 파이프를 꺼내어 담배를 피워 가지고 빨면서 모씨에게 향하였다.

"선생은 이제 내가 이야기한 가운데 모순된 점을 발견 못 하셨습니까?"

"글쎄요."

"그럼 내가 대신 물으리다. 백성수는 그만치 천분이 많은 음악가였었는데 왜 그 광염 소나타(그날 밤의 소나타를 '광염 소나타'라고 그랬습니다)를 짓기 전에는 그만치 흥분되고 긴장되었다가도 일단 음보로 만들어 놓으면 아주 힘없는 것이 되어 버리고 했겠습니까?"

“그거야 미상불 그때의 흥분이 ‘광염 소나타’를 지을 때의 흥분만 못한 연고겠지요.”

“그렇게 해석하세요? 듣고 보니 그것은 한 해석이 되기는 합니다. 그러나 나는 그렇게 해석 안 하는데요.”

“그럼 K씨는 어떻게 해석하십니까?”

“나는, 아니, 내 해석을 말하는 것보다 그 백성수한테서 내게로 온 편지가 한 장 있는데, 그것을 보여 드리리다. 선생은 오늘 바쁘시지 않으세요?”

“일은 없습니다.”

“그러면 우리 집까지 잠깐 같이 가보실까요?”

“가지요.”

두 노인은 일어섰다.

도회와 교외의 경계에 달린 K씨의 집에까지 두 노인이 이른 때는 오후 너덧 시가 된 때였었다.

두 노인은 K씨의 서재에 마주앉았다.

"이것이 이삼 일 전에 백성수한테서 내게로 온 편지인데 읽어 보세요."

K씨는 서랍에서 기다란 편지 뭉치를 꺼내어 모씨에게 주었다. 모씨는 받아서 폈다.

"가만, 여기서부터 보세요. 그 전에는 쓸데없는 인사이니까."

*

그리하여 그날도 또한 이제 밤을 지낼 집을 구하느라고 돌아다니던 저는 우연히 그 집, 제가 전에 돈 오십여 전을 훔친 집 앞에까지 이르렀습니다.

깊은 밤 사면은 고요한데 그 집 앞에서 잘 곳을 구하느라고 헤매던 저는 문득 마음속에 무서운 복수의 생각이 일어났습니다. 이 집만 아니었다면, 이 집 주인이 조금만 인정이라는 것을 알았다면, 저는 그 불쌍한 제 어머니로서 길에까지 기어 나와서 세상을 떠나게 하지는 않았겠습니다. 분묘가 어디인지조차 알지 못하여 꽃 한 번 갖다가 꽂아 보지 못한 이러한 불효도 이 집 때문이외다. 이러한 생각에 참지를 못하여, 그 집 앞에 가려 있는 볏짚에다가 불을 놓았습니다. 그리고 거기 서서 불이 집으로 옮아가는 것을 다 본 뒤에 갑자기 무서운 생각이 나서 달아났습니다.

좀 달아나다 보매 아래서는 벌써 사람이 꾀어들기 시작한 모양인데 이때에 저의 머리에 타오르는 생각은 통쾌하다는 생각과 달아나려는 생각뿐이었습니다. 그리하여 저는 몸을 숨기기 위하여 앞에 보이는 예배당 안으로 뛰어 들어갔습니다.

거기서 불이 다 꺼지도록 구경을 한 뒤에 나오려다가 피아노를 보고…….

*

"이 보세요."

K씨는 편지를 보는 모씨를 찾았다.

"비상한 열정과 감격은 있어두 그것이 그대로 표현 안 된 것이 그것 때문이었습니다. 즉 성수의 어머니는 몹시 어진 사람으로서 어렸을 때부터 성수의 교육을 몹시 힘을 들여서 착한 사람이 되도록, 이렇게 길렀습니다그려. 그 어진 교육 때문에 그가 하늘에서 타고난 광포성과 야성이 표면상에 나타나지를 못하였습니다. 그 타오르는 야성적 열정과 힘이 음보(音譜)로 그려 놓으면 아주 힘없는, 말하자면 김빠진 술과 같이 되고 하는 것이 모두 그 때문이었습니다그려. 점잖고 어진 교훈이, 그의 천분을 못 발휘하게 한 셈이지요."

"흠."

"그것이, 그 사람 성수가, 감옥생활을 할 동안에 한 번 씻기기는 하였으나, 그러나 사람의 교양이라 하는 것은 온전히 씻지는 못하는 것이외다.

그러다가, 그 '원수'의 집 앞에서 갑자기, 말하자면 돌발적으로 야성과 광포성이 나타나서 불을 놓고 예배당 안에 숨어 서서 그 야성적 광포적 쾌미를 한껏 즐긴 다음에, 그에게서 폭발하여 나온 것이 그 '광염 소나타'였구려.

일어서는 불길, 사람의 비명, 온갖 것을 무시하고 퍼져 나가는 불의 세력— 이런 것은 사실 야성적 쾌미 가운데 으뜸이 되는 것이니깐요."

“……”

“아셨습니까. 그러면 그 다음에 그 편지의 여기부터 또 보세요.”

*

저는 그날의 일이 아직 눈앞에 어리는 듯하외다. 선생님이 저를 세상에 소개하시기 위하여 늙으신 몸이 몸소 피아노에 앉으셔서 초대한 여러 음악가들 앞에서 제 ‘광염 소나타’를 탄주하시던 그 광경은 지금 생각하여도 제 눈에서 눈물이 나오려 합니다. 그때에 그 손님 가운데 부인 손님 두 분이 기절을 한 것은 결코 ‘광염 소나타’의 힘뿐이 아니고 선생의 그 탄주의 힘이 많이 섞인 것을 뉘라서 부인하겠습니까. 그 뒤에 여러 사람 앞에 저를 내어 세우고,

“이 사람이 ‘광염 소나타’의 작자이며 삼십 년

전에 우리를 버려두고 혼자 간 일대의 귀재 백○○의 아들이외다."고 소개를 하여 주신 그때의 그 감격은 제 일생에 어찌 잊사오리까.

그 뒤에 선생님께서 저를 위하여 꾸며 주신 방도 또한 제 마음에 가장 맞는 방이었습니다. 널따란 북향 방에 동남쪽 귀에 든든한 참나무 침대가 하나, 서북쪽 귀에 아무 장식 없는 참나무 책상과 의자, 피아노가 하나씩, 그 밖에는 방 안에 장식이라고는 서남쪽 벽에 커다란 거울이 하나 있을 뿐, 덩그렇게 넓은 방은 사실 밤에 전등 아래 앉아 있노라면 저절로 소름이 끼치도록 무시무시한 방이었습니다. 게다가 방 안은 모두 꺼먼 칠을 하고, 창 밖에는 늙은 홰나무의 고목이 한 그루 서 있는 것도 과연 귀기가 돌았습니다. 이러한 가운데서 선생님은 저로 하여금 방분스러운 음악을 낳도록 애써 주셨습니다.

저도 그런 환경 아래서 좋은 음악을 낳아 보려고 얼마나 애를 썼겠습니까. 어떤 날 선생님께 작곡에 대한 계통적 훈련을 원할 때에 선생님은 이렇게 대답하셨습니다.

“자네에게는 그러한 교육이 필요가 없어. 마음대로 나오는 대로 하게. 자네 같은 사람에게 계통적 훈련이 들어가면 자네의 음악은 기계화해 버리고 말아. 마음대로 온갖 규칙과 규범을 무시하고 가슴에서 터져 나오는 대로…….”

저는 이 말씀의 뜻을 똑똑히는 몰랐습니다. 그러나 대략 의미는 통하였습니다. 그리하여 저는 마음대로 한껏 자유스러운 음악의 경지를 개척하려 하였습니다.

그러나 그 동안에 제가 산출한 음악은 모두 이상히도 저의 이전(제 어머니가 아직 살아 계실 때)의 것과 마찬가지로 아무러한 힘도 없는 음향의 유희에 지나지 못하였습니다.

저는 얼마나 초조하였겠습니까. 때때로 선생님께서 채근 비슷이 하시는 말씀은 저로 하여금 더욱 초조하게 하였습니다. 그리고 마음이 초조하면 초조할수록 제게서 생겨나는 음악은 더욱 나약한 것이 되었습니다.

저는 때때로 그 불붙던 광경을 생각하여 보았습니다. 그리고 그때에 통쾌하던 감정을 되풀이하여 보려 하였습니다. 그러나 그것 역시 실패에 돌아갔습니다.

때때로 비상한 열정으로 음보를 그려 놓은 뒤에 몇 시간을 지나서 다시 한번 읽어 보면 거기는 아무 힘이 없는 개념만 있고 하였습니다.

저의 마음은 차차 무거워지기 시작하였습니다. 그리고 큰 기대를 가지고 계신 선생님께도 미안

하기가 짝이 없었습니다.

"음악은 공예품과 달라서 마음대로 만들고 싶은 때에 되는 것이 아니니 마음 놓고 천천히 감흥이 생긴 때에……."

이러한 선생님의 위로의 말씀이 듣기가 제 살을 깎아 먹는 듯 하였습니다. 그러나 제 마음상은 인제는 제게서 다시 힘 있는 음악이 나올 기회가 없는 것 같이만 생각되었습니다.

이러는 동안에 무위의 몇 달이 지났습니다.

어떤 날 밤중, 가슴이 너무 무겁고 가슴속에 무엇이 가득 찬 것같이 거북하여서, 저는 산보를 나섰습니다. 무거운 머리와 무거운 가슴과 무거운 다리를 지향 없이 옮기면서 돌아다니다가 저는 어떤 곳에서 커다란 볏짚 낟가리를 발견하였습니다.

이때의 저의 심리를 어떻게 형용하였으면 좋

을지 저는 모르겠습니다. 저는 무슨 무서운 적(敵)을 만난 것같이 긴장되고 흥분되었습니다. 저는 사면을 한번 살펴보고, 그 낟가리에 달려가서 불을 그어서 놓았습니다. 그리고 갑자기 무서움증이 생겨서 돌아서서 달아나다가, 멀리 달아나서 돌아보니까, 불길은 벌써 하늘을 찌를 듯이 일어났습니다. 왁, 왁, 꺄, 꺄, 사람들이 부르짖는 소리도 들렸습니다. 저는 다시 그곳까지 가서, 그 무서운 불길에 날아 올라가는 볏짚이며, 그 낟가리에 연달아 있는 집을 헐어 내는 광경을 구경하다가 문득 흥분되어서 집으로 돌아왔습니다.

그날 밤에 된 것이 '성난 파도'이었습니다.

그 뒤에 이 도회에서 일어난, 알지 못할 몇 가지의 불은, 모두 제가 질러 놓은 것이었습니다. 그리고 불이 있던 날 밤마다 저는 한 가지의 음악을 얻었습니다. 며칠을 연하여 가슴이 몹시 무겁다가 그것이 마침내 식체[11]와 같이 거북하고 답답하게 되는 때는 저는 뜻 없이 거리를 나갑니다. 그리고 그러한 날은 한 가지의 방화 사건이 생겨나며 그날 밤에는 한 곡의 음악이 생겨났습니다.

*

그러나 그것도 번수가 차차 많아 갈 동안, 저의, 그 불에 대한 흥분은 반비례로 줄어졌습니다. 온갖 것을 용서하지 않는 불꽃의 잔혹함도, 그다지 제 마음을 긴장시키지 못하였습니다.

"차차, 힘이 적어져 가네."

선생님께서 제 음악을 보시고 이렇게 말씀하

11) 식체(食滯), 음식에 의하여 비위가 상하는 병증. 과식을 하거나 익지 않은 음식, 불결한 음식을 먹거나 기분이 안 좋은 상태에서 음식을 섭취할 때 생긴다.

신 것이 그러한 때였습니다.

그러나 저는 게서 더할 도리가 없었습니다. 하는 수 없이 저는 한동안 음악을 온전히 잊어버린 듯이 내버려두었습니다.

*

모씨가 성수의 마지막 편지를 여기까지 읽었을 때에, K씨가 찾았다.

"재작년 봄에서 가을에 걸쳐서, 원인 모를 불이 많지 않았습니까. 그것이 죄 성수의 장난이었습니다그려."

"K씨는 그것을 온전히 모르셨습니까?"

"나요? 몰랐지요. 그런데, 그 어떤 날 밤이구려. 성수는 기대에 반해서, 우리 집으로 온 지 여러 달이 됐지만, 한 번도 힘 있는 것을 지어본 일이 없겠지요. 그래서 저 사람에게 무슨 흥분될 재료를 줄 수가 없나 하고 혼자 생각하며 있더랬는데, 그때에 저—편—"

K씨는 손을 들어 남편 쪽 창을 가리켰다.

"저—편 꽤 멀리서 불붙는 것이 눈에 뜨입디다그려. 그래서 저것을 성수에게 보이면, 혹 그때의 감정(그때는, 나는 그 담배 장수네 집에 불이 일어난 것도 성수의 장난인 줄은 꿈에도 생각 안 했구료)을 부활시킬지도 모르겠다, 이렇게 생각하구 성수의 방으로 올라가려는데, 문득 성수의 방에서 피아노 소리가 울려 나옵니다그려. 나는 올라가려던 발을 부지중 멈추고 말았지요. 역시 C샤프 단음계로서, 제일 곡은 뽑아먹고, 아다지오에서 시작되는데, 고요하고 잔잔한 바다, 수평선 위로 넘어가려는 저녁 해, 이러한 온화한 것이 차차 스케르초로 들어가서는 소낙비, 풍랑, 번개질, 무서운 바람 소리, 우레

질, 전복되는 배, 곤해서 물에 떨어지는 갈매기, 한번 뒤집어지면서 해일에 쓸려 나가는 동네 사람의 부르짖음— 흥분에서 흥분, 광포에서 광포, 야성에서 야성, 온갖 공포와 포학한 광경이 눈앞에 어릿거리는데, 이 늙은 내가 그만 흥분에 못 견디어, 뜻하지 않고 '그만두어 달라'고 고함친 것만으로도 짐작하시겠지요. 그리고 올라가서 보니깐, 그는 탄주를 끝내고 피곤한 듯이 피아노에 기대고 앉아 있고, 이제 탄주한 것은 벌써 '성난 파도'라는 제목 아래 음보로 되어 있습디다."

"그러면 성수는 불을 두 번 놓고, 두 음악을 얻었다는 말씀이지요?"

"그렇지요. 그러고, 그 뒤부터는 한 십여 일 건너서는 하나씩 지었는데, 그것이 지금 보면, 한 가지의 방화사건이 생길 때마다 생겨난 것이었습니다. 그러나 그의 편지마다, 얼마 지나서부터는 차차 그 힘과 야성이 적어지기 시작했지요. 그래서—"

"가만 계십쇼. 그 사람이 그 다음에도 '피의 선율'이나 그 밖에 유명한 곡조를 여러 개 만들지 않았습니까?"

"글쎄 말이외다. 거기 대한 설명은 그 편지를 또 보십쇼. 여기서부터 또 보시면 알리다."

*

××다리 아래로서 나오려는데, 무엇이 발길에 채는 것이 있었습니다. 성냥을 그어 가지고 보니깐, 그것은 웬 늙은이의 송장이었습니다. 저는 그것이 무서워서 달아나려다가, 돌아서려던 발을 다시 돌이켰습니다. 그리고 선생님은 이제 제가 쓰는 일을 이해하여 주실는지요. 그것은

너무도 기괴한 일이라 저로서도 믿어지지 않는 일이었습니다. 그 송장을 타고 앉았습니다. 그리고 그 송장의 옷을 모두 찢어서 사면으로 내어던진 뒤에, 그 벌거벗은 송장을(제 힘이라 생각되지 않는) 무서운 힘으로써 높이 쳐들어서, 저편으로 내어던졌습니다. 그런 뒤에는, 마치 고양이가 알을 가지고 놀 듯, 다시 뛰어가서 그 송장을 들어서, 도로 이편으로 던졌습니다. 이렇게 몇 번을 하여 머리가 깨지고, 배가 터지고 — 그 송장은 보기에도 참혹하게 되었습니다. 그리하여 그 송장을 다시 만질 곳이 없이 된 뒤에, 저는 그만 곤하여 그 자리에 앉아서 쉬려다가 갑자기 마음이 긴장되고 흥분되어서, 집으로 달려왔습니다.

그날 밤에 된 것이 '피의 선율'이었습니다.

*

"선생은 이러한 심리를 아시겠습니까?"

"글쎄요."

"아마, 모르실 걸요, 그러나 예술가로서는 능히 머리를 끄덕일 수 있는 심리외다. 그리고 또 여기를 읽어 보십시오."

*

……(중략) 그 여자가 죽었다는 것은 제게는 사실 뜻밖이었습니다.

저는, 그날 밤 혼자 몰래 그 여자의 무덤을 찾아갔습니다. 그리고 칠팔 시간 전에 묻어 놓은 그의 무덤의 흙을 다시 파서 그의 시체를 꺼내어 놓았습니다.

푸르른 달빛 아래 누워 있는 아름다운 그의 모양은 과연 선녀와 같았습니다. 가볍게 눈을 닫고 있는 창백한 얼굴, 곧은 콧날, 풀어헤친 검은 머리— 아무 표정도 없는 고요한 얼굴은 더욱 처염함을 도왔습니다. 이것을 정신이 없이 들여다보고 있던 저는 갑자기 흥분이 되어, 아아, 선생님 저는 이 아래를 쓸 용기가 없습니다. 재판소의 조서를 보시면 저절로 아실 것이올시다.

그날 밤에 된 것이 '사령(死靈, 죽은 사람의 넋)'이었습니다.

*

"어떻습니까?"

"……"

"네?"

"……"

"언어도단이에요? 선생의 눈으로는 그렇게 뵈시리다. 또 여기를 읽어 보십쇼."

*

이리하여 저는 마침내 사람을 죽인다 하는 경우에까지 이르렀습니다. 그리고 한 사람이 죽을 때마다 한 개의 음악이 생겨났습니다. 그 뒤부터 제가 지은 그 모든 것은 모두 다 한 사람씩의 생명을 대표하는 것이었습니다.

*

"인제 더 보실 것이 없습니다. 그런데 그만큼 보셨으면 성수에 대한 대략한 일은 아셨을 터인데, 거기 대한 의견이 어떻습니까?"

"……"

"네?"

"어떤 의견 말씀이오니까?"

"어떤 '기회'라는 것이 어떤 사람에게서, 그 사람의 가지고 있는 천재와 함께, '범죄 본능'까지 끌어내었다 하면, 우리는 그 '기회'를 저주하여야겠습니까? 혹은 축복하여야겠습니까? 이 성수의 일로 말하자면 방화, 사체 모욕, 시간, 살인, 온갖 죄를 다 범했어요. 우리 예술가협회에서 별로 수단을 다 써서 정부에 탄원하고 재판소에 탄원하고 해서 겨우 성수를 정신병자라 하는 명목 아래 정신병원에 감금했지, 그렇지 않으면 당장에 사형이 아닙니까. 그런데 이제 그 편지를 보셔도 짐작하시겠지만 통상시에는 그 사람은 아주 명민하고 점잖고 온화한 청년입니다. 그러나 때때로 그, 뭐랄까, 그 흥분 때문에 눈이 아득하여져서 무서운 죄를 범하고 그 죄를 범한 다음에는 훌륭한 예술을 하나씩 산출합니다. 이런 경우에 우리는 그 죄를 밉게 보아야 합니까, 혹은 그 범죄 때문에 생겨난 예술을 보아서 죄를 용서하여야 합니까?"

"그거야 죄를 범치 않고 예술을 만들어 냈으면 더 좋지 않습니까?"

"물론이지요. 그러나 이 성수 같은 사람도 있는 것이니깐 이런 경우엔 어떻게 해결하렵니까?"

"죄를 벌해야지요. 죄악이 성하는 것을 그냥 볼 수는 없습니다."

K씨는 머리를 끄덕였다.

"그렇겠습니다. 그러나 우리 예술가의 견지로는 또 이렇게 볼 수도 있습니다. 베토벤 이후로는 음악이라 하는 것이 차차 힘이 빠져 가서 꽃이나 계집이나 찬미할 줄 알고 연애나 칭송할 줄 알아서 선이 굵은 것은 볼 수가 없이 되었습니다.

게다가 엄정한 작곡법이 있어서 그것은 마치 수학의 방정식과 같이 작곡에 대한 온갖 자유스런 경지를 제한해 놓았으니깐 이후에 생겨나는 음악은 새로운 길을 개척하기 전에는 한 기술이 될 것이지 예술이 될 수는 없습니다. 예술가에게는 이것이 쓸쓸해요. 힘 있는 예술, 선이 굵은 예술, 야성으로 충일된 예술—는 이것을 기다린 지 오랬습니다. 그럴 때에, 백성수가 나타났습니다. 사실 말이지 백성수의 그새의 예술은 그 하나하나가 모두 우리의 문화를 영구히 빛낼 보물입니다. 우리의 문화의 기념탑입니다. 방화? 살인? 변변치 않은 집개, 변변치 않은 사람개는 그의 예술의 하나가 산출되는 데 희생하라면 결코 아깝지 않습니다. 천 년에 한 번, 만 년에 한 번 날지 못 날지 모르는 큰 천재를, 몇 개의 변변치 않은 범죄를 구실로 이 세상에서 없이하여 버린다 하는 것은 더 큰 죄악이 아닐까요. 적어도 우리 예술가에게는 그렇게 생각됩니다."

K씨는 마주앉은 노인에게서 편지를 받아서 서랍에 집어넣었다. 새빨간 저녁 해에 비치어서 그의 늙은 눈에는 눈물이 반득였다.

돌다리

이태준

一

정거장에서 샘말 십 리 길을 내려오노라면 반이 될락말락한 데서부터 샘말 동네보다는 그 건너편 산기슭에 놓인 공동묘지가 먼저 눈에 뜨인다.

창섭은 잠깐 걸음을 멈추고까지 바라보았다.

봄에 올 때 보면, 진달래가 불붙듯 피어 올라가는 야산이다. 지금은 단풍철도 지나고 누르테테한 가닥나무들만 묘지를 둘러, 듣지 않아도 적막한 버스럭 소리만 울릴 것 같았다. 어느 것이라고 집어 낼 수는 없어도, 창옥의 무덤이 어디쯤이라고는 짐작이 된다. 창섭은 마음으로 '창옥아' 불러 보며 묵례를 보냈다.

다만 오뉘뿐으로 나이가 훨씬 떨어진 누이였었다. 지금도 눈에 선—하다. 자기가 마침 방학으로 와 있던 여름이었다. 창옥은 저녁 먹다 말고 갑자기 복통으로 뒹굴었다. 읍으로 뛰어 들어가 의사를 청해 왔다. 의사는 주사를 놓고 들어갔다. 그러나 밤새도록 열은 내리지 않았고 새벽녘엔 아파하는 것도 더해 갔다. 다시 의사를 데리러 갔으나 의사는 바쁘다고 환자를 데려오라 하였다. 하라는 대로 환자를 데리고 들어갔으나 역시 오진(誤診)을 했었다. 다시 하루를 지나 고름이 터지고 복막(腹膜)이 절망적으로 상해 버린 뒤에야 겨우 맹장염인 것을 알아낸 눈치였다.

그때 창섭은 자기도 어른이기만 했으면 필시

의사의 멱살을 들었을 것이었다. 이런 누이의 허무한 주검에서 창섭은 뜻을 세워 아버지가 권하는 고농(高農)을 마다하고 의전(醫專)으로 들어갔고 오늘에 이르러는 맹장 수술로는 서울서도 정평이 있는 한 권위가 된 것이다.

“창옥아, 기뻐해 다구. 이번에 내 병원이 좋은 건물을 만나 커지는 거다. 개인병원으론 제일 완비한 수술실이 실현될 거다! 입원실 부족도 해결될 거다. 네 사진을 크게 확대해 내 새 진찰실에 걸어 노마 …….”

창섭은 바람도 쌀쌀할 뿐 아니라 오후 차로 돌아가야 할 길이라 걸음을 재우쳤다.

길은 그전보다 넓어도 졌고 바닥도 평탄하였다. 비나 오면 진흙에 헤어날 수 없었는데 복판으로는 자갈이 깔리고 어떤 목은 좁아서 소바리가 논으로 미끄러져 들어가기 십상이었는데 바위를 갈라내어서까지 일매지게 넓은 길로 닦아졌다. 창섭은 '이럴 줄 알았다면 정거장에서 자전거라도 빌려 타고 올 걸' 하였다.

눈에 익은 정자나무 선 논이며 돌각 담을 두른 밭들도 나타났다. 자기 집 논과 밭들이었다. 논둑에 선 정자나무는 그전부터 있은 것이나 밭에 돌각 담들은 아버지께서 손수 쌓으신 것이다.

창섭의 아버지는 근검(勤儉)으로 근방에 소문난 영감이다. 그러나 자기 대에 와서는 밭 하루갈이도 늘리지는 못한 것으로도 소문난 영감이다. 곡식 값보다는 다른 물가들이 높아졌을 뿐 아니라 전대(前代)에는 모르던 아들의 유학이란 것이 큰 부담인데다가,

"할아버님과 아버님께서 나를 부자 소린 못 들어도 굶는단 소린 안 듣고 살도록 물려주시고

가셨다. 드럭드럭 탐내 모아선 뭘 허니, 할아버님께서 쇠똥을 맨손으로 움켜다가 넣던 논, 아버님께서 얼덩멍덜(울퉁불퉁)을 손수 이룩허신 밭을 더 건 논으로 더 기름진 밭이 되도록, 닦달만 해가기에도 내겐 벅찬 일일 게다."

하고 절용해 쓰고 남는 돈이 있으면 그 돈으로는 품을 몇씩 들여서까지 비뚠 논배미를 바로잡기, 밭에 돌을 추려 바람맞이로 담을 두르기, 개울엔 둑막이하기, 그리다가 아들이 의사가 된 후로는, 아들 학비로 쓰던 몫까지 들여서 동네 길들은 물론, 읍길과 정거장 길까지 닦아 놓았다. 남을 주면 땅을 버린다고 여간 근실한 자국이 아니면 소작을 주지 않았고, 소를 두 필이나 매고 일꾼을 세 명씩이나 두고 적지 않은 전답을 전부 자농(自農)으로 버티어 왔다. 실속이 타작(打作)만 못하다는 둥, 일꾼 셋이 저희 농사

해 가지고 나간다는 둥 이해만을 따져 비평하는 소리가 많았으나 창섭의 아버지는 땅을 위해서는 자기의 이해만으로 타산하려 하지 않았다. 이와 같은 임자를 가진 땅들이라 곡식은 거둔 뒤 그루만 남은 논과 밭이되, 그 바닥들의 고름, 그 언저리들의 바름, 흙의 부드러움이 마치 시루떡 모판이나 대하는 것처럼 누구의 눈에나 탐스럽게 흐뭇해 보였다.

이런 땅을 팔기에는, 아무리 수입은 몇 배 더 나은 병원을 늘리기 위해서나 아버지께 미안하지 않을 수 없었다. 그러나 잡히기나 해가지고는 삼만 원 돈을 만들 수가 없었고, 서울서 큰 양관(洋館)을 손에 넣기란 돈만 있다고도 아무 때나 될 일이 아니었다.

"아버지께선 내년이 환갑이시다! 어머니께선 겨울이면 해마다 기침이 도지신다. 진작부터 내가 모셔야 했을 거다. 그런데 내가 시굴로 올 순 없고, 천생 부모님이 서울로 가시어야 한다. 한동네서도 땅을 당신만치 못 거둘 사람에겐 소작을 주지 않으셨다. 땅 전부를 소작을 내어맡기고는 서울 가 편안히 계실 날이 하루도 없으실 게다. 아버님의 말년을 편안히 해드리기 위해서도 땅은 전부 없애 버릴 필요가 있는 거다!"

창섭은 샘말에 들어서자 동구에서 이내 아버지를 뵐 수가 있었다. 아버지는, 가에는 살얼음이 잡힌 찬물에 무릎까지 걷고 들어서서 동네 사람들을 축추겨 돌다리를 고치고 계시었다.

"어떻게 갑자기 오느냐?"

"네 좀 급히 여쭤 봐야 할 일이 생겼습니다."

"그래? 먼저 들어가 있거라."

동네 사람 수십 명이 쇠고삐 두 기장은 흘러

내려간 다릿돌을 동아줄에 얽어 끌어올리고 있었다. 개울은 동네 복판을 흐르고 있어 아래위로 징검다리는 서너 군데나 놓였으나 하룻밤 비에도 일쑤 넘치어 모두 이 큰 돌다리로 통행하던 것이었다. 창섭은 어려서 아버지께 이 큰 돌다리의 내력을 들은 것이 아직도 기억에 남아 있다.

“너의 증조부님 돌아가시어서다. 산소에 상돌을 해 오시는데 징검다리로야 건네올 수가 있니? 그래 너의 조부님께서 다리부터 이렇게 넓구 튼튼한 돌루 노신 거란다.”

그 후 오륙십 년 동안 한 번도 무너진 적이 없었는데 몇 해 전 어느 장마엔 어찌 된 셈인지 가운데 제일 큰 장이 내려앉아 떠내려갔던 것이다. 두께가 한 자는 실하고 폭이 여섯 자, 길이는 열 자가 넘는 자연석 그대로라 여간 몇 사람의 힘으로는 손을 댈 염두부터 나지 못하였다. 더구나 불과 수십 보 이내에 면(面)의 보조를 얻어 난간까지 달린 한다한 나무다리가 놓인 뒤에 일이라 이 돌다리는 동네 사람들에게 완전히 잊힌 채 던져져 있던 것이었다.

집에 들어가니, 어머니는 다리 고치는 사람들 점심을 짓느라고, 역시 여러 명의 동네 여편네들과 허둥거리고 계시었다.

"웬일인데 어째 혼자만 오느냐?"

어머니는 손자아이들부터 보이지 않음을 물으신다.

"오늘루 가야겠어서, 아무두 안 데리구 왔습니다."

"오늘루 갈 걸 뭘 허 오누?"

"인전 어머니서껀 서울로 모셔 갈 채빌 허러 왔다우."

"서울루! 제발 아이들허구 한데서 살아 봤음 원이 없겠다."

하고 어머니는 땅보다, 조상님들 산소나 사당보다 손자아이들에게 더 마음이 끌리시는 눈치였다. 그러나 아버지만은 그처럼 단순히 들떠질 마음이 아니었다.

아버지는 아들의 뒤를 쫓아 이내 개울에서 들어왔다. 아들은, 의사인 아들은, 마치 환자에게 치료방법을 이르듯이, 냉정히 차근차근히 이야기를 시작하였다. 외아들인 자기가 부모님을 진작 모시지 못한 것이 잘못인 것, 한집에 모이려면 자기가 병원을 버리기보다는 부모님이 농토를 버리시고 서울로 오시는 것이 순리인 것, 병원은 나날이 환자가 늘어 가나 입원실이 부족되어 오는 환자의 삼분지 일밖에 수용 못 하는 것, 지금 시국에 큰 건물을 새로 짓기란 거의 불가능의 일인 것, 마침 교통 편한 자리에 삼층 양옥이 하나 난 것, 인쇄소였던 집인데 전체가 콘크리트여서 방화 방공으로 가치가 충분한 것, 삼층은 살림집과 직공들의 합숙실로 꾸미었던 것이라 입원실로 변장하기에 용이한 것, 각층에 수도·가스가 다 들어온 것, 그러면서도 가격은 염한 것, 염하기는 하나 삼만 이천 원이라, 지금의 병원을 팔면 일만 오천 원쯤은 받겠지만 그것은 새 집을 고치는 데와, 수술실의 기계를 완비하는 데 다 들어갈 것이니 집값 삼만 이천 원은 따로 있어야 할 것, 시골에 땅을 둔대야 1년에 고작 삼천 원의 실리가 떨어질지 말지 하지만 땅을 팔아다 병원만 확장해 놓으면, 적어도 1년에 만 원 하나씩은 이익을 뽑을 자신이 있는 것, 돈만 있으면 땅은 이담에라도, 서울 가까이라도 얼마든지 좋은 것으로 살 수 있는

것…… 아버지는 아들의 의견을 끝까지 잠잠히 들었다. 그리고,

"점심이나 먹어라. 나두 좀 생각해 봐야 대답허겠다."

하고는 다시 개울로 나갔고, 떨어졌던 다릿돌을 올려놓고야 들어와 그도 점심상을 받았다.

점심을 자시면서였다.

"원, 요즘 사람들은 힘두 줄었나 봐! 그 다리 첨 놀 제 내가 어려서 봤는데 불과 여남은이서 거들던 돌인데 장정 수십 명이 한나절을 씨름을 허다니!"

"나무다리가 있는데 건 왜 고치시나요?"

"너두 그런 소릴 허는구나. 나무가 돌만허다든? 넌 그 다리서 고기 잡던 생각두 안 나니? 서울루 공부 갈 때 그 다리 건너서 떠나던 생각 안 나니? 시쳇사람들은 모두 인정이란 게 사

람헌테만 쓰는 건 줄 알드라! 내 할아버지 산소에 상돌을 그 다리로 건네다 모셨구, 내가 천잘끼구. 그 다리루 글 읽으러 댕겼다. 네 어미두 그 다리루 가말 타구 내 집에 왔어. 나 죽건 그 다리루 건네다 묻어라…… 난 서울 갈 생각 없다.”

“네?”

“천금이 쏟아진대두 난 땅은 못 팔겠다. 내 아버님께서 손수 이룩허시는 걸 내 눈으루 본 밭이구, 내 할아버님께서 손수 피땀을 흘려 모신 돈으루 장만허신 논들이야. 돈 있다고 어디가 느르지논[12] 같은 게 있구, 독시장밭 같은 걸 사? 느르지논둑에 선 느티나문 할아버님께서 심으신 거구, 저 사랑마당엣 은행나무는 아버님께서 심으신 거다. 그 나무 밑에를 설 때마다 난

12) 느르지논, 농부가 열심히 갈고 닦은 좋은 논이라는 의미를 담고 있다고 해석할 수 있다.

그 어른들 동상(銅像)이나 다름없이 경건한 마음이 솟아 우러러보군 헌다. 땅이란 걸 어떻게 일시 이해를 따져 사구 팔구 허느냐? 땅 없어 봐라, 집이 어디 있으며 나라가 어디 있는 줄 아니? 땅이란 천지만물의 근거야. 돈 있다구 땅이 뭔지두 모르구 욕심만 내 문서 쪽으로 사 모기만 하는 사람들, 돈놀이처럼 변리만 생각허구 제 조상들과 그 땅과 어떤 인연이란 건 도시 생각지 않구 헌신짝 버리듯 하는 사람들, 다 내 눈엔 괴이한 사람들루밖엔 뵈지 않드라."

"……"

"네가 뉘 덕으루 오늘 의사가 됐니? 내 덕인 줄만 아느냐? 내가 땅 없이 뭘루? 밭에 가 절하구 논에 가 절해야 쓴다. 자고로 하늘 하늘 허나 하늘의 덕이 땅을 통허지 않군 사람헌테 미치는 줄 아니? 땅을 파는 건 그게 하늘을 파나 다름없는 거다."

"……"

"땅을 밟구 다니니까 땅을 우습게들 여기지? 땅처럼 응과(應果)가 분명한 게 무어냐? 하늘은 차라리 못 믿을 때두 많다. 그러나 힘들이는 사람에겐 힘들이는 만큼 땅은 반드시 후헌 보답을 주시는 거다. 세상에 흔해 빠진 지주들, 땅은 작인들헌테나 맡겨 버리구, 떡 도회지에 가 앉아 소출은 팔어다 모다 도회지에 낭비해 버리구, 땅 가꾸는 덴 단돈 일 원을 벌벌 떨구, 땅으루 살며 땅에 야박한 놈은 자식으로 치면 후레자식 셈이야. 땅이 말을 할 줄 알어 봐라? 배가 고프단 땅이 얼마나 많을 테냐? 해마다 걷어만 가구, 땅은 자갈밭이 되니 아나? 둑이 떠나가니 아나? 거름 한번을 제대로 넣나? 정 급하게 돼 작인이 우는 소리나 해야 요즘 너이 신의들 주사침 놓듯, 애꿎은 금비(藥品肥料)만 갖다 털어 넣지. 그렇게 땅을 홀댈 허군 인제 죽어서 땅이 무셔서 어디루들 갈 텐구!"

창섭은 입이 얼어 버리었다. 손만 비볐다. 자기의 생각은 너무나 자기 본위였던 것을 대뜸 깨달았다. 땅에는 이해를 초월한 일종 종교적 신념을 가진 아버지에게 아들의 이단적(異端的)인 계획이 용납될 리 만무했다. 아버지는 상을 물리고도 말을 계속하였다.

"너로선 어떤 수단을 쓰든지 병원부터 확장하려는 게 과히 엉뚱한 욕심은 아닐 줄두 안다. 그러나 욕심을 부려 못 쓰는 거다. 의술은 예로부터 인술(仁術)이라지 않니? 매살 순탄하게 진실하게 해라."

"……"

"네가 가업을 이어나가지 않는다군 탄하지 않

겠다. 넌 너루서 발전헐 길을 열었구, 그게 또 모리지배(謀利之輩)의 악업이 아니라 활인(活人)허는 인술이구나! 내가 어떻게 불평을 말허니? 다만 삼사 대 집안에서 공들여 이룩해 논 전장을 남의 손에 내맡기게 되는 게 저윽 애석헌 심사가 없달 순 없구…….”

“팔지 않으면 그만 아닙니까?”

“나 죽은 뒤에 누가 거두니? 너두 이제두 말했지만 너두 문서쪽만 쥐구 서울 앉아 지주 노릇만 허게? 그따위 지주허구 작인 틈에서 땅들만 얼말 곯는지 아니? 안 된다. 팔 테다. 나 죽을 임시엔 다 팔 테다. 돈에 팔 줄 아니? 사람헌테 팔 테다. 건너 용문이는 우리 느르지논 같은 건 한 해만 부쳐 보구 죽어두 농군으로 태났던 걸 한허지 않겠다구 했다. 독시 장밭을 내논다구 해봐라, 문보나 덕길이 같은 사람은 길

바닥에 나앉드라두 집을 팔아 살려구 덤빌 게다. 그런 사람들이 땅 임자 안 되구 누가 돼야 옳으냐? 그러니 아주 말이 난 김에 내 유언(遺言)이다. 그런 사람들 무슨 돈으로 땅값을 한목 내겠니? 몇몇 해구 그 땅 소출을 팔아 연년이 갚어 나가게 헐 테니 너두 땅값을랑 그렇게 받어 갈 줄 미리 알구 있거라. 그리구 네 모가 먼저 가면 내가 묻을 거구. 내가 먼저 가게 되면 네 모만은 네가 서울루 그때 데려가렴. 난 샘말서 이렇게 야인(野人)으로나 죄 없는 밥을 먹다 야인인 채 묻힐 걸 흡족히 여긴다."

"……"

"자식의 젊은 욕망을 들어 못 주는 게 애비 된 맘으루두 섭섭허다. 그러나 이 늙은이헌테두 그만 신념쯤 지켜 오는 게 있다는 걸 무시하지 말어 다구."

아버지는 다시 일어나 담배를 피우며 다리 고치는 데로 나갔다. 옆에 앉았던 어머니는 두 눈에 눈물을 쭈루루 흘리었다.

"너이 아버지가 여간 고집이시냐?"

"아뇨, 아버지가 어떤 어른이신 건 오늘 제가 더 잘 알었습니다. 우리 아버진 훌륭헌 인물이십니다."

그러나 창섭도 코허리가 찌르르하였다. 자기가 계획하고 온 일이 실패한 것쯤은 차라리 당연하게 생각되었고, 아버지와 자기와의 세계가 격리되는 일종의 결별의 심사를 체험하는 때문이었다.

아들은 아버지가 고쳐 놓은 돌다리를 건너 저녁차를 타러 가버리었다. 동구 밖으로 사라지는 아들의 뒷모양을 지키고 섰을 때, 아버지의 마음도, 정말 임종에서 유언이나 하고 난 것처럼 외롭고 한편 불안스러운 심사조차 설레었다.

아버지는 종일 개울에서 허덕였으나 저녁에 잠도 달게 오지 않았다. 젊어서 서당에서 읽던 백낙천(白樂天)의 시가 다 생각이 났다. 늙은 제비 한 쌍을 두고 지은 노래였다. 제 뱃속이 고픈 것은 참아 가며 입에 얻어 문 것은 새끼들부터 먹여 길렀으나, 새끼들은 자라서 나래에 힘을 얻자 어디로인지 저희 좋을 대로 다 날아가 버리어, 야위고 늙은 어버이 제비 한 쌍만 가을바람 소슬한 추녀 끝에 쭈그리고 앉아있는 광경을 묘사하였고, 나중에는 그 늙은 어버이 제비들을 가리켜, 새끼들만 원망하지 말고, 너희들이 새끼 적에 역시 그러했음도 깨달으라는 풍자(諷刺)의 시였다.

'흥!'

노인은 어두운 천장을 향해 쓴웃음을 짓고 날

이 밝기를 기다려 누구보다도 먼저 어제 고쳐 놓은 돌다리를 보러 나왔다.

흙탕이라고는 어느 돌 틈에도 남아 있지 않았다. 첫 곬으로도, 가운뎃 곬으로도 끝엣 곬으로도 맑기만 한 소담한 물살이 우쭐우쭐 춤추며 빠져 내려갔다. 가운뎃 장으로 가서 쾅 굴러 보았다. 발바닥만 아플 뿐 끄떡이 있을 리 없다. 노인은 쭈루루 집으로 들어와 소금 접시와 낯(얼굴) 수건을 가지고 나왔다. 제일 낮은 받침돌에 내려앉아 양치를 하고 세수를 하였다. 나중에는 다시 이가 저린 물을 한입 물어 마시며 일어섰다. 속에 모든 게 씻기는 듯 시원하였다. 그리고 수염에 물을 닦으며 이렇게 생각하였다.

'비가 아무리 쏟아져도 어떤 한정을 넘는 법은 없다. 물이 분수없이 늘어 떠내려갔던 게 아니라 자갈이 밀려 내려와 물구멍이 좁아졌든지,

그렇지 않으면, 어느 받침돌의 밑이 물살에 궁굴어 쓰러졌던 그런 까닭일 게다. 미리 바닥을 치고 미리 받침돌만 제대로 보살펴 준다면 만년을 간들 무너질 리 없을 게다. 그저 늘 보살펴야 허는 거다. 사람이란 하늘 밑에 사는 날까진 하루라도 천리(天理)에 방심을 해선 안 되는 거다…….'

복덕방

이태준

一

철석, 앞집 판장 밑에서 물 내버리는 소리가 났다. 주먹구구에 골똘했던 '안 초시'에게는 놀랄 만한 폭음이었던지, 다리 부러진 돋보기 너머로, 똑 모이를 쪼이려는 닭의 눈을 해가지고 수챗구멍을 내다본다. 뿌연 뜨물에 휩쓸려 나오는 것이 여러 가지다. 호박 꼭지, 계란 껍데기, 거피해 버린 녹두 껍질.

"녹두 빈대떡을 부치는 게로군, 흥……."

한 오륙 년째 안 초시는 말끝마다 '젠—장……'이 아니면 '흥!' 하는 코웃음을 잘 붙이었다.

"추석이 벌써 낼 모레지! 젠—장……."

안 초시는 저도 모르게 입맛을 다시었다. 기름내가 코에 풍기는 듯 대뜸 입 안에 침이 흥건해지고 전에 괜찮게 지낼 때, 충치니 풍치니 하던 것은 거짓말이었던 것처럼 아래윗니가 송곳끝같이 날카로워짐을 느끼었다.

안 초시는 그 날카로워진 이를 빈 입인 채 빠드득 소리가 나게 한번 물어 보고 고개를 들었다.

하늘은 천리같이 트였는데 조각구름들이 여기저기 널리었다. 어떤 구름은 깨끗이 바래 말린 옥양목처럼 흰빛이 눈이 부시다. 안 초시는 이내 자기의 때 묻은 적삼 생각이 났다. 소매를 내려다보는 그의 얼굴은 날래 들리지 않는다. 거기는 한 조박의 녹두빈자나 한잔의 약주로써 어쩌지 못할, 더 슬픔과 더 고적함이 품겨 있는 것 같았다.

혹혹 소매 끝을 불어보고 손끝으로 튀겨 보기도 하다가 목침을 세우고 눕고 말았다.

"이사는 팔하고 사오는 이십이라 천이 되지…… 가만…… 천이라? 사로 했으니 사천이라 사천 평…… 매 평에 아주 줄여 잡아 오 환씩만 하게 돼두 4환 75전씩이 남으니, 그럼…… 사사는 십륙 일만 육천 환하구……."

안 초시가 다시 주먹구구를 거듭해서 얻어 낸 총액이 일만 구천 원, 단 천 원만 들여도 일만 구천 원이 되리라는 셈속이니, 만 원만 들이면 그게 얼만가? 그는 벌떡 일어났다. 이마가 화끈했다. 도사렸던 무릎을 얼른 곧추세우고 뒤나 보려는 사람처럼 쪼그렸다. 마코 갑이 번연히 빈 것인 줄 알면서도 다시 집어다 눌러 보았다.

주머니에는 단돈 십 전, 그도 안경다리를 고친다고 벌써 세 번짼가 네 번째 딸에게서 사오십 전씩 얻어 가지고는 번번이 담뱃값으로 다 내어보내고 말던 최후의 십 전, 안 초시는 주머니에 손을 넣어 그것을 집어내었다. 백통화 한 푼을 얹은 야윈 손바닥, 가만히 떨리었다. '서참의(徐參議)'의 투박한 손을 생각하면 너무나 얇고 잔망스러운 손이거니 하였다. 그러나 이따금 술잔은 얻어먹고, 이렇게 내 방처럼 그의 복덕방(福德房)에서 잠까지 빌려 자건만 한 번도, 집 거간이나 해먹는 서참의 생활이 부럽지는 않았다. 그래도 언제든지 한번쯤은 무슨 수가 생기어 다시 한 번 내 집을 쓰게 되고, 내 밥을 먹게 되고, 내 힘과 내 낯으로 다시 한 번 세상에 부딪혀 보려니 믿어졌다.

초시는 전에 어떤 관상쟁이의 '엄지손가락을

안으로 넣고 주먹을 쥐어야 재물이 나가지 않는다는 말이 생각났다. 늘 그렇게 쥐노라고는 했지만 문득 생각이 나 내려다볼 때 으레 엄지손가락이 얄밉도록 밖으로만 쥐어져 있었다. 그래 드팀전을 하다가도 실패를 하였고, 그래 집까지 잡혀서 장전을 내었다가도 그만 화재를 보았거니 하는 것이다.

"이놈의 엄지손가락아, 안으로 좀 들어가아, 젠—장."

하고 연습 삼아 엄지손가락을 먼저 안으로 넣고 아프도록 두 주먹을 꽉 쥐어 보았다. 그리고 당장 내어보낼 돈이면서도 그 십 전짜리를 그렇게 쥔 주먹에 단단히 넣고 담배 가게로 나갔다.

*

이 복덕방에는 흔히 세 늙은이가 모이었다.

언제, 누가 와, 집 보러 가잘지 몰라, 늘 갓을 쓰고 앉아서 행길[13]을 잘 내다보는, 얼굴 붉고 눈방울 큰 노인은 주인 서참의다. 참의로 다니다가 합병 후에는 다섯 해를 놀면서 시기를 엿보았으나 별수가 없을 것 같아서 이럭저럭 심심파적으로 갖게 된 것이 이 가옥중개업(家屋仲介業)이었다. 처음에는 겨우 굶지 않을 만한 수입이었으나 대정 팔구년 이후로는 시골 부자들이 세금(稅金)에 몰려, 혹은 자녀들의 교육을 위해 서울로만 몰려들고, 그런데다 돈은 흔해져서 관철동(貫鐵洞), 다옥정(茶屋町) 같은 중앙지대에는 그리 고옥만 아니면 만 원대를 예사로 훌훌 넘었다. 그 판에 봄가을로 어떤 달에는 삼사백 원 수입이 있어, 그러기를 몇 해를 지나 가회동(嘉會洞)에 수십 칸 집을 세웠고 또 몇 해 지나지

13) 행길, '한길'의 방언(강원, 경기, 경북, 전라, 충청, 중국 길림성)

앉아서는 창동(倉洞) 근처에 땅을 장만하기 시작하였다. 지금은 중개업자도 많이 늘었고 건양사(建陽社) 같은 큰 건축회사가 생기어서 당자끼리 직접 팔고 사는 것이 원칙처럼 되어 가기 때문에 중개료의 수입은 전보다 훨씬 준 셈이다. 그러나 이십여 간 집에 학생을 치고 싶은 대로 치기 때문에 서참의의 수입이 없는 달이라고 쌀값이 밀리거나 나무 값에 졸릴 형편은 아니다.

"세상은 먹구. 살게는 마련야……."

서참의가 흔히 하는 말이다. 칼을 차고 훈련원에 나서 병법을 익힐 제는, 한번 호령만 하고 보면 산천이라도 물러설 것 같던, 그 기개와 오늘의 자기, 한낱 가쾌(家儈, 집 흥정을 붙이는 일을 직업으로 가진 사람)로 복덕방 영감으로 기생, 갈보(매춘부) 따위가 사글셋방 한 간을 얻어 달래도 네— 네 하고 따라나서야 하는, 만인의 심부름꾼인 것을 생각하면 서글픈 눈물이 아니 날 수도 없는 것이다. 워낙 술을 즐기기도 하지만 어떤 때는 남몰래 이런 감회(感懷)를 이기지 못해서 술집에 들어선 적도 여러 번이다.

그러나 호반[武人]의 기개란 흔히 혈기(血氣)에서 나오는 것이기 때문이지 몸에서 혈기가 줆을 따라 그런 감회를 일으킴조차 요즘은 적어지고 말았다. 하루는 집에서 점심을 먹다 듣노라니 무슨 장사치의 외는 소리인데 아무래도 귀에 익은 목청이다. 자세히 귀를 기울이니 점점 가까이 오는 소리인데 제법 무엇을 사라는 소리가 아니라 '유리병이나 간장통 팔거—쏘—' 하는 소리이다. 그런데 그 목청이 보면 꼭 알 사람 같아 일어서 마루 들창으로 내어다보니, 이번에는 '가마니나 신문 잡지나 팔거—쏘—' 하면서 가마니 두어 개를 지고 한 손에는 저울을 들고 중

노인이나 된 사나이가 지나가는데 아는 사람은 확실히 아는 사람이다. 그러나 그를 어디서 알았으며 성명이 무엇이며 애초에는 무엇을 하던 사람인지가 감감해지고 말았다.

"오—라! 그렇군…… 분명…… 저런!"

하고 그는 한참 만에 고개를 끄덕이었다. 그 유리병과 간장통을 외는 소리가 골목 안으로 사라져 갈 즈음에야 서참의는 그가 누구인 것을 깨달아 낸 것이다.

"동관(同官) 김참의…… 허!"

나이는 자기보다 훨씬 연소하였으나 학식과 재기가 있는데다 호령 소리가 좋아 상관에게 늘 칭찬을 받던 청년 무관이었었다. 이십여 년 뒤에 들어도 갈 데 없이 그 목청이요 그 모습이었다. 전날의 그를 생각하고 오늘의 그를 보니 적이 감개에 사무치어 밥숟가락을 멈추고 냉수만 거듭 마시었다.

그러나 전에 혈기 있을 때와 달라 그런 기분이 오래 가지는 않았다. 중학교 졸업반인 둘째 아들이 학교에 갔다 들어서는 것을 보고, 또 싸전에서 쌀값 받으러 와 마누라가 선선히 시퍼런 지전을 내어 헤는 것을 볼 때 서참의는 이내 속으로,

"거저 살아야지 별수 있나. 저렇게 개가죽을 쓰고 돌아다니는 친구도 있는데…… 에헴."

하였을 뿐 아니라 그런 절박한 친구에다 대면 자기는 얼마나 훌륭한 지체냐 하는 자존심도 없지 않았다.

"지난 일 그까짓 생각할 건 뭐 있나. 사는 날까지…… 허허."

여생을 웃으며 살 작정이었다. 그래 그런지 워낙 좀 실없는 티가 있는데다 요즘 와서는 누구

에게나 농지거리가 늘어 갔다. 그래 늘 눈이 달리고 뾰로통한 입으로는 말끝마다 젠—장 소리만 나오는 안 초시와는 성미가 맞지 않았다.

“쫌보야, 술 한 잔 사주랴?”

쫌보라는 말이 자기를 업신여기는 것 같아서 안 초시는 이내 발끈해 가지고, ‘네깟 놈 술 더러 안 먹는다.’라고 한다.

“화투 패나 밤낮 떼면 너이 어멈이 살아온다덴?”

하고 서참의가 발끝으로 화투장들을 밀어 던지면 그만 얼굴이 새빨개져서 쌔근쌔근하다가 부채면 부채, 담뱃갑이면 담뱃갑, 자기의 것을 냉큼 집어 들고 다시 안 올 듯이 새침해 나가 버리는 것이다.

“조게 계집이문 천생 남의 첩감이야.”

하고 서참의는 껄껄 웃어 버리나 안 초시는

이렇게 돼서 올라가면 한 이틀씩 보이지 않았다.

한번은 안 초시의 딸의 무용회(舞踊會) 날 밤이었다. 안경화(安京華)라고, 한동안 토월회(土月會)에도 다니다가 대판(大阪)에 가 있느니 동경(東京)에 가 있느니 하더니 오륙 년 뒤에 무용가로라 이름을 날리며 서울에 나타났다. 바로 제일회 공연 날 밤이었다. 서참의가 조르기도 했지만, 안 초시도 딸의 사진과 이야기가 신문마다 나는 바람에 어깨가 으쓱해서 공표를 얻을 수 있는 대로 얻어 가지고 서참의뿐 아니라 여러 친구를 돌라줬던 것이다.

"허! 저기 한가운데서 지금 한창 다릿짓하는 게 자네 딸인가?"

남은 다 멍멍히 앉았는데 서참의가 해괴한 것을 보는 듯 마땅치 않은 어조로 물었다.

"무용이란 건 문명국일수록 벗구 한다네그려."

약기는 한 안 초시는 미리 이런 대답으로 막았다.

"모르겠네 원…… 지금 총각 놈들은 모두 등신인가 바……."

"왜?"

하고 이번에는 다른 친구가 탄하였다.

"우린 총각 시절에 저런 걸 보문 그냥 못 배기네."

"빌어먹을 녀석…… 나잇값을 못 하구 개야 저건 개……."

벌써 안 초시는 분통이 발끈거려서 나오는 소리였다.

한 가지가 끝나고 불이 환하게 켜졌을 때다.

"도루, 차라리 여배우 노릇을 댕기라구 그래라. 여배운 그래두 저렇게 넓적다린 내놓구 덤비지 않더라."

"그 자식 오지랖 경치게 넓네. 네가 안방 건넌방이 몇 칸이요나 알았지 뭘 쥐뿔이나 안다구 그래? 보기 싫건 나가렴."

하고 안 초시는 화를 발끈 내었다. 그러니까 서참의도 안방 건넌방 말에 화가 나서 꽤 높은 소리로,

"넌 또 뭘 아니? 요 쫌보야."

하고 일어서 버리었다.

이 일이 있은 후 안 초시는 거의 달포나 서참의의 복덕방에 나오지 않았었다. 그런 걸 '박희완(朴喜完)' 영감이 가서 데리고 왔었다.

*

박희완 영감이란 세 영감 중의 하나로 안 초시처럼 이 복덕방에 와 자기까지는 안 하나 꽤

쏠쏠히 놀러 오는 늙은이다. 아니 놀러 오기만 하는 것이 아니라 와서는 공부도 한다. 재판소에 다니는 조카가 있어 대서업(代書業)운동을 한다고 속수국어독본(速修國語讀本)을 노상 끼고 와 그 삼국지(三國志) 읽던 투로,

"긴—상 도코—에 유키이마스카."

어쩌고를 외고 있는 것이다.

그러나 속수국어독본 뚜껑이 손때에 절고, 또 어떤 때는 목침 위에 받쳐 베고 낮잠도 자서 머리때까지 새까맣게 절어 조선총독부편찬(朝鮮總督府編纂)이란 잔글자들은 보이지 않게 되도록, 대서업 허가는 의연히 나오지 않는 모양이었다.

"너나 내나 다 산 것들이 업은 가져 뭘 허니. 무슨 세월에⋯⋯ 흥!"

하고 어떤 때, 안 초시는 한나절이나 화투 패

를 떼다 안 떨어지면 그 화풀이로 박희완 영감이 들고 중얼거리는 속수국어독본을 툭 채어 행길로 팽개치며 그랬다.

"넌 또 무슨 재술 바라구 밤낮 화투 패나 떨어지길 바라니?"

"난 심심풀이지."

그러나 속으로는 박희완 영감보다 더 세상에 대한 야심이 끓었다. 딸이 평양으로 대구로 다니며 지방 순회까지 하여서 제법 돈냥이나 걷힌 것 같으나 연구소를 내느라고 집을 뜯어고친다, 유성기를 사들인다, 교제를 하러 돌아다닌다 하느라고, 더구나 귀찮게만 아는 이 애비를 위해 쓸 돈은 예산에부터 들지 못하는 모양이었다.

"얘? 낡은 솜이 돼 그런지, 삯바느질이 돼 그런지 바지 솜이 모두 치어서 어떤 덴 홑옷이야. 암만해두 사쓸 한 벌 사 입어야겠다."

하고 딸의 눈치만 보아 오다 한번은 입을 열었더니,

"어련히 인제 사 드릴라구요."

하고 딸은 대답은 선선하였으나 샤쓰는 그해 겨울이 다 지나도록 구경도 못 하였다. 샤쓰는 커녕 안경다리를 고치겠다고 돈 일 원만 달래도 일 원짜리를 굳이 바꿔다가 오십 전 한 닢만 주었다. 안경은 돈을 좀 주무르던 시절에 장만한 것이라 테만 오륙 원 먹은 것이어서 오십 전만으로 그런 다리는 어림도 없었다. 오십 전짜리 다리도 있지만 살 바에는 조촐한 것을 택하던 초시의 성미라 더구나 면상에서 짝짝이로 드러나는 것을 사기가 싫었다. 차라리 종이 노끈인 채 쓰기로 하고 오십 전은 담뱃값으로 나가고 말았다.

"왜 안경다리 안 고치셨어요?"

딸이 그날 저녁으로 물었다.

"흥……."

초시는 말은 하지 않았다. 딸은 며칠 뒤에 또 오십 전을 주었다. 그러면서 어떻게 들으라고 하는 소리인지,

"아버지 보험료만 해두 한 달에 삼 원 팔십 전씩 나가요."

하였다. 보험료나 타먹게 어서 죽어 달라는 소리로도 들리었다.

"그게 내게 상관있니?"

"아버지 위해 들었지 누구 위해 들었게요 그럼?"

초시는 '정말 날 위해 하는 거문 살아서 한 푼이라도 다우. 죽은 뒤에 내가 알 게 뭐냐' 소리가 나오는 것을 억지로 참았다.

"오십 전이문 왜 안경다릴 못 고치세요?"

초시는 설명하지 않았다.

"지금 아버지가 좋고 낮은 걸 가리실 처지야요?"

그러나 오십 전은 또 마코 값으로 다 나갔다. 이러기를 아마 서너 번째다.

"자식도 소용없어. 더구나 딸자식…… 그저 내 수중에 돈이 있어야……."

초시는 돈의 긴요성(緊要性)을 날로, 날로 더욱 심각하게 느끼었다.

"돈만 가지면 야 좀 좋은 세상인가!"

심심해서 운 동삼아 좀 나다녀 보면 거리마다 짓느니 고층 건축들이요 동네마다 느느니 그림 같은 문화주택들이다. 조금만 정신을 놓아도 물에서 갓 튀어나온 메기처럼 미끈미끈한 자동차가 등덜미에서 소리를 꽥 지른다. 돌아다보면 운전수는 눈을 부릅떴고 그 뒤에는 금시계 줄이 번쩍거리는, 살진 중년 신사가 빙그레 웃고 앉아있는 것이었다.

"예순이 낼 모레…… 젠—장할 것."

초시는 늙어 가는 것이 원통하였다. 어떻게 해서나 더 늙기 전에 적게 돈 만 원이라도 붙들어 가지고 내 손으로 다시 한 번 이 세상과 교섭해 보고 싶었다. 지금 이 꼴로서야 문화주택이 암만 서기로 내게 무슨 상관이며 자동차, 비행기가 개미떼나 파리 떼처럼 퍼지기로 나와 무슨 인연이 있는 것이냐, 세상과 자기와는 자기 손에서 돈이 떨어진, 그 즉시로 인연이 끊어진 것이라 생각되었다.

"그러면 송장이나 다름없지 뭔가?"

초시는 이런 질문을 자신에게 던지는 지가 이미 오래였다.

"무슨 수가 없을까?"

또,

"무슨 그루터기가 있어야 비비지!"

그러나도,

"그래도 돈냥이나 엎질러 본 녀석이 벌기도 하는 게지."

하고 그야말로 무슨 그루터기만 만나면 꼭 벌기는 할 자신이었다.

*

그러다가 박희완 영감에게서 들은 말이었다. 관변에 있는 모 유력자를 통해 비밀리에 나온 말인데 황해 연안에 제2의 나진(羅津)이 생긴다는 말이었다. 지금은 관청에서만 알 뿐이나 축항 용지(築港用地)는 비밀리에 매수되었으므로 불원하여 당국자로부터 공표가 있으리라는 것이다.

"그럼, 거기가 황무진가? 전답들인가?"

초시는 눈이 뻘개 물었다.

"밭이라데."

"밭? 그럼 몇 평 얼마나 간다나?"

"좀 올랐대. 관청에서 사는 바람에 아무리 시굴 사람들이기루 그만 눈치 없겠나. 그래두 무슨 일루 관청서 사는지 모르거든……."

"그래?"

"그래, 그리 오르진 않었대…… 아마 평당 이십오륙 전씩이면 살 수 있다나 보데. 그러니 화중지병이지 뭘 허나 우리가……."

"음……."

초시는 관자놀이가 욱신거리었다. 정말이기만 하면 한 시각이라도 먼저 덤비는 놈이 더 먹는 판이다. 나진도 오륙 전 하던 땅이 한번 개항된다는 소문이 나자 당년으로 오륙 전의 백 배 이상이 올랐고 삼사 년 뒤에는, 땅 나름이지만 어떤 요지(要地)는 천 배 이상이 오른 데가 많다.

'다 산 나이에 오래 끌 건 뭐 있나. 당년으로 넘겨두 최소한도 5환씩이야 무려할 테지…….' 혼자 생각한 초시는,

"대관절 어디란 말야. 거기가?"

하고 나앉으며 물었다.

"그걸 낸들 아나?"

"그럼?"

"그 모씨라는 이만 알지. 그리게 날더러 단 만 원이라도 자본을 운동하면 자기는 거기서도 어디어디가 요지라는 걸 설계도를 복사해 낸 사람이니까 그 요지만 산단 말이지, 그리구 많이두 바라지 않어, 비용 죄다 제치구 순이익의 이 할만 달라는 거야."

"그럴 테지…… 누가 그런 자국을 일러주구 구경만 하자겠나…… 이 할이라…… 이 할……."

초시는 생각할수록 이것이 훌륭한, 그 무슨 그루터기가 될 것 같았다. 나진의 선례도 있거니와 박희완 영감 말이 만주국이 되는 바람에 중국과의 관계가 미묘해지므로 황해 연안에도 으레 나진과 같은 사명을 갖는 큰 항구가 필요할 것은 우리 상식으로도 추측할 바이라 하였다. 초시의 상식에도 그것을 믿을 수 있었다.

*

오늘은 오래간만에 '피죤'을 사서, 거기서 아주 한 대를 피워 물고 왔다. 어째 박희완 영감이 종일 보이지 않는다. 다른 데로 자금운동을 다니나 보다 하였다. 서참의는 점심 전에 나간 사람이 어디서 흥정이 한 자리 떨어지느라고 인지 아직 돌아오지 않는다. 안 초시는 미닫이틀 위에서 낡은 화투를 꺼내었다.

"허, 이거 봐라!"

여간해선 잘 떨어지지 않던 거북패가 단번에 뚝 떨어진다. 누가 옆에 있어 좀 보아 줬으면 싶었다.

"아무래두 이게 심상치 않어…… 이제 재수가 티나 부다!"

초시는 반도 타지 않은 담배를 행길로 내어던졌다. 출출하던 판에 담배만 몇 대를 피고 나니 목이 컬컬해진다. 앞집 수채에는 뜨물에 떠내려가다 막힌 녹두 껍질이 그저 누렇게 보인다.

"오냐, 내년 추석엔……."

초시는 이날 저녁에 박희완 영감에게서 들은 이야기를 딸에게 하였다. 실패는 했을지라도 그래도 십 수 년을 상업계에서 논 안 초시라 출자(出資)를 권유하는 수작만은 딸이 듣기에도 딴 사람인 듯 놀라웠다. 딸은 즉석에서는 가부를 말하지 않았으나 그의 머릿속에서도 이내 잊히지는 않았던지 다음날 아침에는, 딸 편이 먼저 이 이야기를 다시 꺼내었고, 초시가 박희완 영감에게 묻던 이상으로 시시콜콜히 캐어물었다. 그러면 초시는 또 박희완 영감 이상으로 손가락으로 가리키듯 소상히 설명하였고 1년 안에 청장을 하더라도 최소한도로 오십 배 이상의 순이익이 날 것이라 장담 장담하였다.

딸은 솔깃했다. 사흘 안에 연구소 집을 어느 신탁회사(信託會社)에 넣고 삼천 원을 돌리기로 하였다. 초시는 금시발복이나 된 듯 뛰고 싶게 기뻤다.

"서참의 이놈, 날 은근히 멸시했겄다. 내 굳이 널 시켜 네 집보다 난 집을 살 테다. 네깟놈이

천생 가쾌지 별거냐…….”

그러나 신탁회사에서 돈이 되는 날은 웬 처음 보는 청년 하나가 초시의 앞을 가리며 나타났다. 그는 딸의 청년이었다. 딸은 아버지의 손에 단 일 전도 넣지 않았고 꼭 그 청년이 나서 돈을 쓰며 처리하게 하였다. 처음에는 팩 나오는 노염을 참을 수가 없었으나 며칠 밤을 지내고 나니, 적어도 삼천 원의 순이익이 오륙만 원은 될 것이라, 만 원 하나야 어디로 가랴 하는 타협이 생기어서 안 초시는 으슬으슬 그, 이를테면 사위 녀석격인 청년의 뒤를 따라나섰다.

*

1년이 지났다.

모두 꿈이었다. 꿈이라도 너무 악한 꿈이었다. 삼천 원 어치 땅을 사놓고 날마다 신문을 훑어

보며 수소문을 하여도 거기는 축항이 된단 말이 신문에도, 소문에도 나지 않았다. 용당포(龍塘浦)와 다사도(多獅島)에는 땅값이 삼십 배가 올랐느니 오십 배가 올랐느니 하고 졸부들이 생겼다는 소문이 있어도 여기는 감감소식일 뿐 아니라 나중에 역시 이것도 박희완 영감을 통해 알고 보니 그 관변 모씨에게 박희완 영감부터 속아 떨어진 것이었다. 축항 후보지로 측량까지 하기는 하였으나 무슨 결점으로인지 중지되고 마는 바람에 너무 기민하게 거기다 땅을 샀던, 그 모씨가 그 땅 처치에 곤란하여 꾸민 연극이었다.

돈을 쓸 때는 일 원짜리 한 장 만져도 못 봤지만 벼락은 초시에게 떨어졌다. 서너 끼씩 굶어도 밥 먹을 정신이 나지도 않았거니와 밥을 먹으러 들어갈 수도 없었다.

"재물이란 친자간의 의리도 배추 밑 도리듯 하는 건가?"

탄식할 뿐이었다. 밥보다는 술과 담배가 그리웠다. 물론 안경다리는 그저 못 고치었다. 그러나 이제는 오십 전짜리는커녕 단 십 전짜리도 얻어 볼 길이 없다.

추석 가까운 날씨는 해마다의 그때와 같이 맑았다. 하늘은 천리같이 트였는데 조각구름들이 여기저기 널리었다. 어떤 구름은 깨끗이 바래 말린 옥양목처럼 흰빛이 눈이 부시다. 안 초시는 이번에도 자기의 때 묻은 적삼 생각이 났다. 그러나 이번에는 소매 끝을 불거나 떨지는 않았다. 고요히 흘러내리는 눈물을 그 더러운 소매로 닦았을 뿐이다.

*

여름이 극성스럽게 덥더니, 추위도 그럴 징조인지 예년보다 무서리가 일찍 내리었다. 서참의가 늘 지나다니는 식은관사(殖銀官舍)에들 울타리가 넘게 피었던 코스모스들이 끓는 물에 데쳐 낸 것처럼 시커멓게 무르녹고 말았다.

참의는 머리가 띵―하였다. 요즘 와서 울기 잘하는 안 초시를 한번 위로해 주려, 엊저녁에는 데리고 나와 청요릿집으로, 추탕 집으로 새로 두 점을 치도록 돌아다닌 때문 같았다. 조반이라고 몇 술 뜨기는 했으나 혀도 그냥 뻑뻑하다. 안 초시도 그럴 것이니까 해는 벌써 오정 때지만 끌고 나와 해장술이나 먹으리라 하고 부지런히 내려와 보니, 웬일인지 복덕방이라고 쓴 베발이 아직 내어걸리지 않았다.

"이 사람 봐아…… 어느 땐 줄 알구 코만 고

누…….”

러나 코고는 소리는 들리지 않았다. 미닫이를 밀어 젖힌 서참의는 정신이 번쩍 났다. 안 초시의 입에는 피, 얼굴은 잿빛이다. 방 안은 움 속처럼 음습한 바람이 휭— 끼친다.

“아니?”

참의는 우선 미닫이를 닫고 눈을 비비고 초시를 들여다보았다. 안 초시는 벌써 아니요, 안 초시의 시체일 뿐, 둘러보니 무슨 약병인 듯한 것 하나가 굴러져 있다.

참의는 한참만에야 이 일이 슬픈 일인 것을 깨달았다.

“허!”

파출소로 갈까 하다 그래도 자식한테 먼저 알려야겠다 하고 말만 듣던 그 안경화 무용연구소를 찾아가서 안경화를 데리고 왔다. 딸이 한참

울고 난 뒤다.

"관청에 어서 알려야지?"

"아니야요. 앗으세요."

딸은 펄쩍 뛰었다.

"앗으라니?"

"저……."

"저라니?"

"제 명예도 좀……."

하고 그는 애원하였다.

"명예? 안 될 말이지, 명옐 생각하는 사람이 애빌 저 모양으루 세상 떠나게 해?"

"……"

안경화는 엎드려 다시 울었다. 그러다가 나가려는 서참의의 다리를 끌어안고 놓지 않았다. 그리고,

"절 살려 주세요."

소리를 몇 번이나 거듭하였다.

"그럼, 비밀은 내가 지킬 테니 나 하자는 대루 할까?"

"네."

서참의는 다시 앉았다.

"부친 위해 보험 든 거 있지?"

"네 간이보험이야요."

"무슨 보험이든…… 얼마나 타게 되누?"

"사백팔십 원요."

"부친 위해 들었으니 부친 위해 다 써야지?"

"그럼요."

"에헴, 그럼…… 돌아간 이가 늘 속 셔츠를 입구퍼 했어. 상등 털 셔츠를 사다 입히구, 그 우에 진견으로 수의 일습 구색 맞춰 짓게 허구…… 선산이 있나, 묻힐 데가?"

"웬걸요, 없어요."

"그럼 공동묘지라도 특등지루 널찍하게 사구…… 장례식을 장—하게 해야 말이지 초라하게 해버리면 내가 그저 안 있을 게야. 알아들어?"

"네에."

하고 안경화는 그제야 핸드백을 열고 눈물 젖은 얼굴을 닦았다.

*

안 초시의 소위 영결식(永訣式)이 그 딸의 연구소 마당에서 열리었다.

서참의와 박희완 영감은 술이 거나하게 취해갔다. 박희완 영감이 무얼 잡혀서 가져왔다는 부의(賻儀) 이 원을 서참의가,

"장례비가 넉넉하니 자네 돈 그 계집애 줄 거 없네."

하고 우선 술집에 들러 거나하게 곱빼기들을 한 것이다.

영결식장에는 제법 반반한 조객들이 모여들었다. 예복을 차리고 온 사람도 두엇 있었다. 모두 고인을 알아 온 것이 아니요, 무용가 안경화를 보아 온 사람들 같았다. 그 중에는, 고인의 슬픔을 알아 우는 사람인지, 덩달아 기분으로 우는 사람인지 울음을 삼키느라고 끽끽 하는 사람도 있었다. 안경화도 제법 눈이 젖어 가지고 신식 상복이라나 공단 같은 새까만 양복으로 관 앞에 나와 향불을 놓고 절하였다. 그 뒤를 따라 한 이십 명 관 앞에 와 꾸벅거리었다. 그리고 무어라고 지껄이고 나가는 사람도 있었다.

그들의 분향이 거의 끝난 듯하였을 때,

"에헴!"

하고 얼굴이 시뻘건 서참의도 한마디 없을 수

없다는 듯이 나섰다. 향을 한 움큼이나 집어 놓아 연기가 시커멓게 올려 솟더니 불이 일어났다. 후— 후— 불어 불을 끄고, 수염을 한번 쓰다듬고 절을 했다. 그리고 다시,

"헴……."

하더니 조사(弔辭)[14]를 하였다.

"나 서참일세, 알겠나? 흥…… 자네 참 호살세 호사야…… 잘 죽었느니. 자네 살았으문 이만 호살 해보겠나? 인전 안경다리 고칠 걱정두 없구…… 아무튼지……."

하는데 박희완 영감이 들어서더니,

"이 사람 취했네그려."

하며 서참의를 밀어냈다.

박희완 영감도 가슴이 답답하였다. 분향을 하고 무슨 소리를 한마디 했으면 속이 후련히 트

14) 조사(弔辭), 죽은 사람을 슬퍼하여 조문(弔問)의 뜻을 표하는 글이나 말.

일 것 같아서 잠깐 멈칫하고 서 있어 보았으나,

"으흐윽……."

하고 울음이 먼저 터져 그만 나오고 말았다.

서참의와 박희완 영감도 묘지까지 나갈 작정이었으나 거기 모인 사람들이 하나도 마음에 들지 않아 도로 술집으로 내려오고 말았다.

달밤

이태준

'성북동'으로 이사 나와서 한 대엿새 되었을까, 그날 밤 나는 보던 신문을 머리맡에 밀어 던지고 누워 새삼스럽게, '여기도 정말 시골이로군!' 하였다. 바깥이 컴컴한 걸 처음 보고 시냇물 소리와 쏴-하는 솔바람 소리를 처음 들어서가 아니라 '황수건'이라는 사람을 이날 저녁에 처음 보았기 때문이다.

그는 말 몇 마디 사귀지 않아서 곧 못난이란 것이 드러났다. 이 못난이는 성북동의 산들보다 물들보다, 조그만 지름길들보다, 더 나에게 성북동이 시골이란 느낌을 풍겨 주었다.

서울이라고 못난이가 없을 리야 없겠지만 대처에서는 못난이들이 거리에 나와 행세를 하지 못하고, 시골에선 아무리 못난이라도 마음 놓고 나와 다니는 때문인지, 못난이는 시골에만 있는 것처럼 흔히 시골에서 잘 눈에 뜨인다. 그리고 또 흔히 그는 태고 때 사람처럼 그 우둔하면서도 천진스런 눈을 가지고, 자기 동리에 처음 들어서는 손에게 가장 순박한 시골의 정취를 돋워 주는 것이다.

그런데 그날 밤 황수건이는 열시나 되어서 우리 집을 찾아왔다.

그는 어두운 마당에서 꽥 지르는 소리로,

"아, 이 댁이 문안서……."

하면서 들어섰다. 잡담 제하고 큰일이나 난 사람처럼 건넌방 문 앞으로 달려들더니,

"저, 저 문안 서대문 거리라나요. 어디선가 나오신 댁입쇼?" 한다.

'합비'는 안 입었으되 신문을 들고 온 것이 신문 배달부다.

"그렇소, 신문이오?"

"아, 그런 걸 사흘이나 저, 저 건너쪽에만 가 찾었습죠. 제기……"

하더니 신문을 방에 들어뜨리며,

"그런뎁쇼, 왜 이렇게 죄꼬만 집을 사구 와겝쇼. 아, 내가 알었더면 이 아래 큰 기와집도 많은 걸입쇼……" 한다.

하니 말이 황당스러 유심히 그의 생김을 내다보니 눈에 얼른 두르러지는 것이 빡빡 깎은 머리로되 보통 크다는 정도 이상으로 골이 크다. 그런데다 옆으로 보니 장구대가리다.

"그렇소? 아무튼 집 찾노라고 수고했소."

하니 그는 큰 눈과 큰 입이 일시에 히죽거리며,

"뭘입쇼, 이게 제 업인뎁쇼."

하고 날래 물러서지 않고 목을 길게 빼어 방 안을 살핀다. 그러더니 묻지도 않는데,

"저는입쇼, 이 동제 사는 황수건이라 합니다……"

하고 인사를 붙인다. 나도 깍듯이 내 성명을 대었다. 그는 또 싱글벙글 하면서,

"댁엔 개가 없구먼입쇼." 한다.

"아직 없소." 하니,

"개 그까짓 거 두지 마십쇼." 한다.

"왜 그렇소?"

물으니 그는 얼른 대답하는 말이,

"신문 보는 집엔입쇼, 개를 두지 말아야 합니다." 한다.

이것 재미있는 말이다 하고 나는,

"왜 그렇소?"

하고 또 물었다.

"아, 이 뒷동네 은행소에 댕기는 집엔입쇼, 망아지만한 개가 있는뎁쇼, 아, 신문을 배달할 수가 있어얍죠."

"왜?"

"막 깨물랴고 덤비는걸입쇼." 한다.

말 같지 않아서 나는 웃기만 하는 그는 더욱 신을 낸다.

"그눔의 개, 그저 한번, 양떡을 멕여대야 할 텐데……"

하면서 주먹을 부르대는데 보니, 손과 팔목은 머리에 비기어 반비례로 작고 가느다랗다.

"어서 곤할 텐데 가, 자시오."

하니 그는 마지못해 물러서며,

"선생님, 참! 이 선생님 편안히 주뭅쇼. 저이 집은 여기서 얼마 안 되는 걸입쇼."

하더니 돌아갔다.

그는 이튿날 저녁, 집을 알고 오는 데도 아홉 시가 지나서야,

"신문 배달해 왔습니다."

하고 소리를 치며 들어섰다.

"오늘은 왜 늦었소?"

물으니

"자연 그럽죠."

하고 다른 이야기를 꺼냈다.

자기는 워낙 이 아래 있는 삼산학교에서 일을 보다 어떤 선생하고 뜻이 덜 맞아 나왔다는 것, 지금은 신문 배달을 하나 원배달이 아니라 보조 배달이라는 것, 저희 집엔 양친과 형님 내외와 조카 하나와 저희 내외까지 식구가 일곱이란

것, 저희 아버지와 저희 형님의 이름은 무엇, 무엇이며, 자기 이름은 황가인데다가 목숨 수자하고 세울 건자로 황수건이기 때문에, 아이들이 노랑수건이라고 놀리어서 성북동에서 가가호호에서 노랑수건 하면, 다 자긴 줄 알리라고 자랑스럽게 이야기하다가 이날도,

"어서 그만 다른 집에도 신문을 갖다 줘야 하지 않소?"

하니까 그때서야 마지못해 나갔다.

우리 집에서는 그까짓 반편과 무얼 대꾸를 해가지고 그러느냐 하되, 나는 그와 지껄이기가 좋았다.

그는 아무것도 아닌 것을 가지고 열심히 이야기하는 것이 좋았고, 그와는 아무리 오래 지껄이고 나도 웃음밖에는 남는 것이 없어 기분이 거뜬해지는 것도 좋았다. 그래서 나는 무슨 일

을 하는 중만 아니면 한참씩 그의 말을 받아 주었다.

어떤 날은 서로 말이 막히기도 했다. 대답이 막히는 것이 아니라 무슨 말을 해야 할까 막히었다. 그러나 그는 늘 나보다 빠르게 이야깃거리를 잘 찾아냈다. 오뉴월인데도 '꿩고기를 잘 먹느냐?'고도 묻고 '소와 말과 싸움을 붙이면 어느 것이 이기겠느냐?'는 등, 아무튼 그가 얘깃거리를 취재하는 방면은 기상천외로 여간 범위가 넓지 않은 데는 도저히 당할 수가 없었다. 하루는 나는 '평생소원이 무엇이냐?'고 그에게 물어 보았다. 그는 '그까짓 것쯤 얼른 대답하기는 누워서 떡먹기'라고 하면서 평생소원은 자기도 원배달이 한번 되었으면 좋겠다는 것이었다.

남이 혼자 배달하기 힘들어서 한 이십 부 떼어 주는 것을 배달하고, 월급이라고 원배달에게서 한 삼 원 받는 터이라 월급을 이십여 원을 받고, 신문사 옷을 입고, 방울을 차고 다니는 원배달이 제일 부럽노라 하였다. 그리고 방울만 차면 자기도 뛰어다니며 빨리 돌 뿐 아니라 그 은행소에 다니는 집개도 조금도 무서울 것이 없겠노라 하였다.

그래서 나는 '그럴 것 없이 아주 신문사 사장쯤 되었으면 원배달도 바랄 것 없고 그 은행소에 다니는 집개도 상관할 배 없지 않겠느냐?' 한즉 그는 뚱그래지는 눈알을 한참 굴리며 생각하더니, '딴은 그렇겠다.'고 하면서, 자기는 경난이 없어 거기까지는 바랄 생각도 못하였다고 무릎을 치듯 가슴을 쳤다.

그러나 신문 사장은 이내 잊어버리고 원배달만 마음에 박혔던 듯, 하루는 바깥마당에서부터 무어라고 떠들어대며 들어왔다.

"이선생님? 이선생님 곕쇼? 아, 저도 내일부턴 원배달이올시다. 오늘 밤만 자면입쇼……" 한다.

자세히 물어 보니 성북동이 따로 한 구역이 되었는데, 자기가 맡게 되었으니까 내일은 배달복을 입고 방울을 막 떨렁거리면서 올 테니 보라고 한다. 그리고 '사람이란 게 그리게 무어든지 끝을 바라고 붙들어야 한다.'고 나에게 일러주면서 신이 나서 돌아갔다. 우리도 그가 원배달이 된 것이 좋은 친구가 큰 출세나 하는 것처럼 마음속으로 진실로 즐거웠다. 어서 내일 저녁에 그가 배달복을 입고 방울을 차고 와서 쫄럭거리는 것을 보리라 하였다.

그러나 이튿날 그는 오지 않았다. 밤이 늦도록 신문도 그도 오지 않았다. 그 다음날도 신문도 그도 오지 않다가 사흘째 되는 날에야, 이날은 해도 지기 전인데 방울 소리가 요란스럽게 우리 집으로 뛰어들었다.

“어디 보자!”

하고 나는 방에서 뛰어나갔다.

그러나 웬일일까 정말 배달복에 방울을 차고 신문을 들고 들어서는 사람은 황수건이가 아니라 처음 보는 사람이다.

‘왜 전엣사람은 어디 가고 당신이오?’ 물으니, 그는, ‘제가 성북동을 맡았습니다.’ 한다.

“그럼, 전엣사람은 어디를 맡았소?”

하니 그는 픽 웃으며,

“그까짓 반편을 어딜 맡깁니까? 배달부로 쓸랴다가 똑똑치가 못하니까 안 쓰고 말었나 봅니다.” 한다

“그럼 보조 배달도 떨어졌소?” 하니,

“그럼요, 여기가 따루 한 구역이 된걸이오.”

하면서 방울을 울리며 나갔다.

이렇게 되었으니 황수건이가 우리 집에 올 길은 없어지고 말았다. 나도 가끔 문안엔 다니지만 그의 집은 내가 다니는 길옆은 아닌 듯 길가에서도 잘 보이지 않았다.

나는 가까운 친구를 먼 곳에 보낸 것처럼, 아니 친구가 큰 사업에나 실패하는 것을 보는 것처럼, 못 만나는 섭섭할 뿐만 아니라 마음이 아프기도 하였다. 그 당자와 함께 세상의 야박함이 원망스럽기도 하였다.

한데 황수건은 그의 말대로 노랑수건이라면 온 동네에서 유명은 하였다. 노랑수건하면 누구나 성북동에서 오래 산 사람이면 먼저 웃고 대답하는 것을 나는 차츰 알았다.

내가 잠깐씩 며칠 보기에도 그랬거니와 그에겐 우스운 일화도 한두 가지가 아니었다.

삼산학교에 급사로 있을 시대에 삼산학교에다

남겨 놓고 나온 일화도 여러 가지라는데, 그중에 두어 가지를 동네 사람들의 말대로 옮겨 보면, 역시 그때부터도 이야기하기를 대단 즐기어 선생들이 교실에 들어간 새, 손님이 오면 으레 손님을 앉히고는 자기도 걸상을 갖다 떡 마주 놓고 앉는 것은 무론, 마주 앉아서는 곧 자기류의 만담삼매로 빠지는 것인데 한번은 도 학무국에서 시학관이 나온 것을 이 따위로 대접하였다. 일본말은 못하니까 만담은 할 수 없고 마주 앉아서 자꾸 일본말을 연습하였다.

"센세이 히, 오하요 고사이마쓰까(선생님 아녕사십니까)...... 히히 아메가 후리마쓰(비가 옵니까). 유끼가 후리마쓰까(눈이 옵니까) 히히......"

시학관도 인정이라 처음엔 웃었다. 그러나 열 번 스무 번을 되풀이하는 데는 성이 나고 말았다. 선생들은 아무리 기다려도 종소리가 나지 않으니까, 한 선생이 나와 보니 종 칠 것도 잊어버리고 손님과 마주 앉아서 '오하요 유끼가 후리마쓰까(눈이 옵니까)…….' 하는 판이다.

그날 수건이는 선생들에게 단단히 몰리고 다시는 안 그러겠노라고 했으나, 그 버릇을 고치지 못해서 그예 쫓겨나오고 만 것이다.

그는, '너의 색시 달아난다.' 하는 말을 제일 무서워했다 한다. 한번은 어느 선생이 장난엣말로, '요즘 같은 따뜻한 봄날엔 옛날부터 색시들이 달아나기를 좋아하는데 어제도 저 아랫말에서 둘이나 달아났다니까 오늘은 이 동네에서 꼭 달아나는 색시가 있을 걸…….'

했더니 수건이는 점심을 먹다 말고 눈이 휘둥그레졌다 한다. 그리고 그날 오후에는 어서 바삐 하학을 시키고 집으로 갈 양으로 오십 분 만에 치는 종을 이십 분 만에, 삼십 분 만에 함부로 다가서 쳤다는 이야기도 있다.

하루는 거의 그를 잊어버리고 있을 때,

“이 선생님 곕쇼?”

하고 수건이가 찾아왔다. 반가웠다.

“선생님, 요즘 신문이 거르지 않고 잘 옵쇼?”

하고 그는 배달 감독이나 되어 온 듯이 묻는다.

“잘 오, 왜 그루?”

한즉 또,

“즞지도 않굽쇼, 일즉이 제때마다 꼬꼭 옵쇼?” 한다.

“당신이 돌릴 때보다 세 시간은 일즉이 오고 날마다 꼭꼭 잘 오.”

하니 그는 머리를 벅적벅적 긁으면서,

“하루라도 거르기만 해라, 신문사에 가서 대뜸 일러바치지…….”

하고 그 빈약한 주먹을 부르댄다.

"그런뎁쇼, 선생님?"

"왜 그류?"

"삼산학교에 말씀예요. 그 제 대신 들어온 급사가 저보다 근력이 세게 생겼습죠?"

"나는 그 사람을 보지 못해서 모르겠소."

하니 그는 은근한 말소리로 히죽거리며,

"제가 거길 도 들어가 볼라굽쇼, 운동을 합죠." 한다.

"어떻게 운동을 하오?"

"그까짓 거 날마다 사무실로 갑죠. 다시 써 달라고 졸라댑죠. 아 그랬더니 새 급사란 녀석이 저보다 크기도 무척 큰뎁쇼, 이 녀석이 막 불근댑니다그려. 그래 한번 쌈을 해야 할턴뎁쇼, 그 녀석이 근력이 얼마나 센지 알아야 뎀벼들 턴뎁쇼……. 허."

"그렇지, 멋모르고 대들었다 매만 맞지."

하니 그는 한 걸음 다가서며 또 은근한 말을 한다.

"그래섭쇼, 엊저녁엔 큰 돌멩이 하나를 굴려다 삼산학교 대문에다 놨습죠. 그리구 오늘 아침에 가 보니깐 없어졌는뎁쇼, 이 녀석이 나처럼 억지루 굴려다 버렸는지, 뻔쩍 들어다 버렸는지 그만 못 봤거든입쇼, 제-길……"

하고 머리를 긁는다. 그러더니 갑자기 무얼 생각한 듯 손뼉을 탁 치더니, '그런뎁쇼, 제가 온 건입쇼, 댁에선 우두를 넣지 마시라구 왔습죠.' 한다. '우두를 왜 넣지 말란 말이오?' 한즉, '요즘 마마가 다닌다구 모두 우두들을 넣는뎁쇼, 우두를 넣으면 사람이 근력이 없어지는 법인뎁쇼.' 하고 자기 팔을 걷어 올려 우두 자리를 보이면서, '이걸 봅쇼. 저두 우두를 이렇게 넣었기 때문에 근력이 줄었습죠.' 한다.

"우두를 넣으면 근력이 준다고 누가 그럽디까?"

물으니 그는 싱글거리며,

"아, 내가 생각해 냈습죠." 한다.

"왜 그렇소?"

하고 캐니,

"뭘…… 저 아래 '윤금보'라고 있는데 기운이 장산뎁쇼. 아 삼산학교 그 녀석두 우두만 넣었다면 그까짓 것 무서울 것 없는뎁쇼, 그걸 모르겠거든입쇼.……" 한다.

나는,

"그렇게 용한 생각을 하고 일러 주러 왔으니 아주 고맙소." 하였다.

그는 좋아서 벙긋거리며 머리를 긁었다. '그래 삼산학교에 다시 들기만 기다리고 있소?' 물으니 그는, '돈만 있으면 그까짓 거 누가 고쓰까이(사환, 또는 소사) 노릇을 합쇼. 밑천만 있으면 삼산학교 앞에 가서 뻐젓이 장사를 할 턴뎁쇼.' 한다.

"무슨 장사?"

"아, 방학될 때까지 차미 장사도 하곱쇼, 가을부턴 군밤 장사, 왜떡 장사, 습자지, 도화지 장사 막 합죠. 삼산학교 학생들이 저를 어떻게 좋아하겝쇼. 저를 선생들보다 낫게 치는뎁쇼." 한다.

나는 그날 그에게 돈 삼 원을 주었다. 그의 말대로 삼산학교 앞에 가서 뻐젓이 참외 장사라도 해 보라고. 그리고 돈은 남지 못하면 돌려오지 않아도 좋다 하였다.

그는 삼 원 돈에 덩실덩실 춤을 추다시피 뛰어나갔다. 그리고 그 이튿날, '선생님 잡수시라

굽쇼.' 하고 나 없는 때 참외 세 개를 갖다 두고 갔다.

그리고는 온 여름 동안 그는 우리 집에 얼른 하지 않았다.

들으니 참외 장사를 해 보긴 했는데 이내 장마가 들어 밑천만 까먹었고, 또 그까짓 것보다 한 가지 놀라운 소식은 그의 아내가 달아났단 것이다. 저희끼리 금슬은 괜찮았건만 동세가 못 견디게 굴어 달아난 것이라 한다. 남편만 남 같으면 따로 살림나는 날이나 기다리고 살 것이나 평생 동세 밑에 살아야 할 신세를 생각하고 달아난 것이라 한다.

그런데 요 며칠 전이었다. 밤인데 달포 만에 수건이가 위집을 찾아왔다. 웬 포도를 큰 것으로 대여섯 송이를 종이에 싸지도 않고 맨손에 들고 들어왔다. 그는 벙긋거리며

"선생님 잡수라고 사 왔습죠." 하는 때였다.

웬 사람 하나가 날쌔게 그의 뒤를 따라 들어오더니 다짜고짜로 수건이의 멱살을 움켜쥐고 끌고 나갔다. 수건이는 그 우둔한 얼굴이 새하얗게 질리며 꼼짝 못하고 끌려 나갔다.

나는 수건이가 포도원에서 포도를 훔쳐온 것을 직각하였다. 쫓아나가 매를 말리고 포도 값을 물어 주었다. 포도 값을 물어 주고 보니 수건이는 어느 틈에 사라지고 보이지 않았다.

나는 그 다섯 송이의 포도를 탁자 위에 얹어 놓고 오래 바라보며 아껴 먹었다. 그의 은근한 순정의 열매를 먹듯 한 알을 가지고도 오래 입 안에 굴려 보며 먹었다.

어제다. 문안에 들어갔다 늦어서 나오는데 불빛 없는 성북동 길 위에는 밝은 달빛이 깁을 깐 듯하였다.

그런데 포도원께를 올라오노라니까 누가 맑지도 못한 목청으로, '사……게……와 나……미다까 다메이……끼……까……(술은 눈물인가, 한숨인가)'를 부르며 큰 길이 좁다는 듯이 휘적거리며 내려왔다. 보니까 수건이 같았다. 나는, '수건인가?' 하고 아는 체 하려다 그가 나를 보면 무안해할 일이 있는 것을 생각하고, 획 길 아래로 내려서 나무 그늘에 몸을 감추었다.

그는 길은 보지도 않고 달만 쳐다보며, 노래는 이 이상은 외우지도 못하는 듯 첫 줄 한 줄만 되풀이하면서 전에는 본 적이 없었는데 담배를 다 퍽퍽 빨면서 지나갔다.

달밤은 그에게도 유감한 듯하였다.

노다지

김유정

一

그믐칠야 캄캄한 밤이었다. 하늘에 별은 깨알같이 총총 박혔다. 그 덕으로 솔숲 속은 간신히 희미하였다. 험한 산중에도 우중충하고 구석 배기 외딴곳이다. 버석만 하여도 가슴이 덜렁한다. 호랑이, 산골 호생원!

'만귀'는 잠잠하다. 가을은 이미 늦었다고 냉기는 모질다. 이슬을 품은 가랑잎은 바시락 바시락 날아들며 얼굴을 축인다.

'꽁보'는 바랑을 모로 베고 풀 위에 꼬부리고 누웠다가 잠깐 깜박하였다. 다시 눈이 띄었을 적에는 몸서리가 몹시 나온다. 형은 맞은편에 그저 웅크리고 앉아있는 모양이다.

"성님, 인저 시작해 볼라우!"

"아직 멀었네, 좀 춥더라도 참참이 해야지……."

어둠 속에서 그 음성만 우렁차게, 그러나 가만히 들릴 뿐이다. 연모를 고치는지 마치 쇠 부딪는 소리와 아울러 부스럭거린다. 꽁보는 다시 옹송그리고 새우잠으로 눈을 감았다. 야기에 옷은 젖어 후줄근하다. 아랫도리가 척 나간 듯이 감촉을 잃고 대고 쑤실 따름이다. 그대로 퍼뜩 일어나 하품을 하고는 으드들 떨었다.

어디서인지 자박자박 사라지는 발자국 소리가 들린다. 꽁보는 정신이 번쩍 나서 눈을 둥글린다.

"누가 오는 게 아뉴?"

"바람이겠지, 즈들이 설마 알라구!"

신청부같은 그 대답에 적이 맘이 놓인다. 곁에 형만 있으면 야 몇 놈쯤 오기로서니 그리 쪼일 게 없다. 적삼의 깃을 여미며 휘돌아보았다.

감 때 사나운 큰 바위가 반득이는 하늘을 찌를 듯이 삐쭉 솟았다. 그 양 어깨로 자지레한 바위는 뭉글뭉글한 놈이 검은 구름 같다. 그러면 이번에는 꿈인지 호랑인지 영문 모를 그런 험상궂은 대가리가 공중에 불끈 나타나 두리번거린다. 사방은 모두 이따위 산에 둘렸다. 바람은 뻔질나게 구르며 습기와 함께 낙엽을 풍긴다. 을씨년스레 샘물은 노상 쫄랑쫄랑 금시라도 시커먼 산 중턱에서 호랑이 불이 보일 듯싶다. 꼼짝 못 할 함정에 든 듯이 소름이 쭉 돋는다.

꽁보는 너무 서먹서먹하고 허전하여 어깨를 으쓱 올린다. 몹쓸 놈의 산골도 다 많어이. 산

골마다 모조리 요지경이람. 이러고 보니 몹시 무서운 기억이 눈앞으로 번쩍 지난다.

바로 작년 이맘때이다. 그날도 오늘과 같이 밤을 도와 잠채를 하러 갔던 것이다. 회양 근방에도 가장 험하다는 마치 이렇게 휘하고 낯선 산골을 기어올랐다. 꽁보에 더펄이, 그리고 또 다른 동무 셋과. 초저녁부터 내리는 보슬비가 웬일인지 그칠 줄을 모른다. 붕 하고 난데없이 이는 바람에 안기어 비는 낙엽과 함께 몸에 부딪고 또 부딪고 하였다. 모두들 입 벌릴 기력조차 잃고 대고 부들부들 떨었다. 방금 넘어올 듯이 덩치 커다란 바위는 머리를 불쑥 내 대고 길을 막고, 막고 한다. 그놈을 끼고 캄캄한 절벽을 돌고 나니 땀이 등줄기로 쭉 내려 흘렀다. 게다가 언제 호랑이가 내닫는지 알 수 없으매 가슴은 펄쩍 두근거린다.

그러나 하기는 이제 말이지 용케도 해 먹긴 하였다. 아무렇든지 다섯 놈이 서른 길이나 넘는 암굴에 들어가서 한 시간도 채 못 되자 감(광석)을 두 포대나 실히 따 올렸다마는, 문제는 노느매기에 있었다. 어떻게 이놈을 나누면 서로 억울치 않을까. 꽁보는 금점에 남다른 이력이 있느니만치 제가 선뜻 맡았다. 부피를 대중하여 다섯 목에다 차례대로 메지메지 골고루 나누었던 것이다. 한데 이런 우스꽝스러운 놈이 또 있을까.

"이게 일터면 나눈 건가!"

어두운 구석에서 어떤 놈이 이렇게 쥐어박는 소리를 하는 것이다. 제 딴은 욱기를 보이느라고 가래침을 뱉는다.

"그럼."

꽁보는 하 어이없어서 그쪽을 뻔히 바라보았

다. 이건 우리가 늘 하는 격식인데 인제 와서 새삼스럽게 게정을 부릴 것이 아니다.

"아니, 요게 내 거야?"

"그럼 누군 감벼락을 맞았단 말인가?"

"아니, 이 구덩이를 먼저 낸 것이 누군데 그래?"

"누구고 새고 알 게 뭐 있나, 금 있으니 땄고, 땄으니 나눴지!"

"알 게 없다? 내가 없어도 느가 왔니? 이 새끼야?"

"이런 숙맥 보래, 꿀돼지 제 욕심 채기로 너만 먹자는 거야?"

바로 이 말에 자식이 욱하고 들이덤볐다. 무지한 두 손으로 꽁보의 멱살을 잔뜩 움켜쥐고, 흔들고 지랄을 한다. 꽁보가 체수가 작고 좀팽이라 쳐들고 한창 얕본 모양이다.

비를 맞아 가며 숨이 콕 막히도록 시달리니 꽁보도 화가 안 날 수 없다. 저도 모르게 어느덧 감석을 손에 잡자 놈의 골통을 빼뜨렸다. 하니까, 이놈이 꼭 황소같이 식, 하더니 꽁보를 피언한 돌 위에다 집어 때렸다. 그리고 깔고 앉더니 대뜸 벽체를 들어 곁갈빗대를 힉, 하도록 아주 몹시 조겼다. 죽질 않기만 다행이지만 지금도 이게 가끔 도지어 몸을 못 쓰는 것이다. 담에는 왼편 어깨를 된통 맞았다. 정신이 다 아찔하였다. 험하고 깊은 산속이라 그대로 죽여버릴 작정이 분명하다. 세 번째에는 또다시 가슴을 겨누고 내려올 제, 인제는 꼬박 죽었구나 하였다. 참으로 지긋지긋하고 아슬아슬한 순간이었다. 그때 천행이랄까 대문짝처럼 크고 억센 더펄이가 비호같이 날아들었다. 자분참 그놈의 허리를 뒤로 두 손에 쥐어 들더니 산비탈로 내

던져 버렸다. 그놈은 그때 살았는지 죽었는지 이내 모른다. 꽁보는 곧바로 감석과 한꺼번에 더펄이 등에 업히어 마을로 내려왔던 것이다.

현재 꽁보가 갖고 다니는 그 목숨은 더펄이 손에서 명줄을 받은 그때의 끄트머리다. 더펄이를 형이라 불렀고 형우제공을 깍듯이 하는 것도 까닭 없는 일은 아니었다.

이 산골도 그 녀석의 산골과 똑 헐 없는 흉측스러운 낮짝을 가졌다. 한번 휘돌아 보니 몸서리치던 그 경상이 다시 생각나지 않을 수 없다. 꽁보는 담배를 빡빡 피우며 시름없이 앉았다.

“몸 좀 녹여서 인저 시적시적 해볼까?”

더펄이도 추운지 떨리는 몸을 툭툭 털며 일어선다. 시작하도록 연모는 차비가 다 된 모양. 저편으로 가서 훔척훔척하더니 바랑에서 막걸리병과 돼지 다리를 꺼내 들고 이리로 온다.

"그래도 좀 거냉은 해야 할 걸!"

하고 그는 병마개를 이로 뽑더니,

"에이, 그냥 먹세, 언제 데워 먹겠나?"

"데웁시다."

"글쎄, 그것두 좋구, 근데 불을 놨다가 들키면 어쩌나?"

"저 바위 틈에다 가리고 핍시다."

아우는 일어서서 가랑잎을 긁어모았다.

형은 더듬어 가며 소나무 삭정이를 뚝뚝 꺾어서 한 아름 안았다. 병풍과 같이 바위와 바위 사이에 틈이 벌었다. 그 속으로 들어가 그들은 불을 놓았다.

"커— 그어 맛좋다야."

형은 한잔을 쭉 켜고 거나하였다. 칼로 돼지고기를 저며 들고 쩍쩍 씹는다.

"아까 술집 계집 봤나?"

"왜 그류?"

"어떻든가?"

"……"

"아주 똑 땄데 고거 참!"

하고 그는 눈을 불빛에 끔벅거리며 싱글싱글 웃는다. 일 년이면 열두 달 출창 돌아만 다닌다는 신세였다. 오늘은 서로, 내일은 동으로, 조선 천지의 금점판치고 아니 집적거린 데가 없었다. 언제나 나도 그런 계집 하나 만나 살림을 좀 해보누 하면 무거운 한숨이 절로 안 날 수 없다.

"거, 계집 있는 게 한결 낫겠더군!"

하고 저도 열적을 만큼 사풍스러운 소리를 하니까,

"글쎄요……."

하고 꽁보는 그 얼굴을 빤히 쳐다보았다. 이날

까지 같이 다녀야 그런 법 없더니만 왜 별안간 계집 생각이 날까, 별일이로군! 하긴, 저도 요즘으로 부쩍 그런 생각이 무륵무륵 안 나는 것도 아니지만, 가을이 늦어서 그런지 홀아비 마주 앉기만 하면 나는 건 그 생각뿐.

"성님! 장가 들라우?"

"어디 웬 계집이 있나?"

"글쎄?"

하고 꽁보는 그 말을 재치다가 얼뜻 이런 생각을 하였다. 제 누이를 주면 어떨까. 지금 그 누이가 충주 근방 어느 농군에게 출가하여 자식을 둘씩이나 낳았다마는 매우 반반한 얼굴을 가졌다. 이걸 준다면 형은 무척 반기겠고, 또한 목숨을 구해 준 그 은혜에 대하여 손씻이도 되리라.

"성님, 내 누이를 주라우?"

"누이?"

"썩 이뿌우, 성님이 보면 아마 단박 반하리다."

더펄이는 다음 말을 기다리며 다만 벙벙하였다. 불빛에 이글이글하고 검붉은 그 얼굴에는 만족한 미소가 떠올랐다. 그 누이에 대하여 칭찬은 전일부터 많이 들었다. 그럴 적마다 속중으로는 슬며시 생각이 달랐으나 차마 이렇다 토설치는 못했던 터이었다.

"어떻수?"

"글쎄, 그런데 살림하는 사람을 그리되겠나?"

하며, 뒷심은 두면서도 어정쩡하게 물어보았다. 그러고들 껍쩍하고 술을 따라서 아우에게 권하다가 반이나 엎질렀다.

"그야, 돌려 빼면 그만이지 누가 뭐랠 터유."

꽁보는 자신이 있는 듯이 이렇게 선언하였다.

더펄이는 아주 좋았다. 팔짱을 딱 지르고 눈을 감았다. 나도 인젠 계집 하나 안아 보는구나! 아마, 그 누이란 썩 예쁠 것이다. 오동통하고, 아양스럽고, 이런 계집에 틀림없으리라. 그럴 필요도 없건마는 그는 벌떡 일어서서 주춤주춤 하다가 다시 펄썩 앉는다.

"은제 갈려나?"

"가만 있수, 이거 해가지구 낼 갑시다."

오늘 일만 잘 되면 낼로 곧 떠나도 좋다. 충청도라야 강원도 역경을 지나 칠팔십 리 걸으면 그만이다. 낼 해껏 걸으면 모레 아침에는 누이 집을 들러서 다른 금점으로 가리라 예정하였다. 그런데 이놈의 금을 언제나 좀 잡아 볼는지 아득한 일이었다.

"빌어먹을 거, 은제쯤 재수가 좀 터보나!"

꽁보는 뜯고 있던 돼지 뼈다귀를 내던지며 이

렇게 한탄하였다.

“염려 말게, 어떻게 되겠지! 오늘은 꼭 노다지가 터질 테니 두고 보려나?”

“작히 좋겠수, 그렇거든 고만 들어앉읍시다.”

“이를 말인가, 이게 참할 노릇을 하나, 이제 말이지.”

그들은 몇 번이나 이렇게 자위했는지 그 수를 모른다. 네가 노다지를 만나든, 내가 만나든 둘이 똑같이 나눠 가지고 집을 사고 계집을 얻고, 술도 먹고, 편히 살자고. 그러나 여태껏 한 번이라도 그렇게 해본 적이 없으니 매양 헛소리가 되고 말았다.

“닭 울 때도 되었네, 인제 슬슬 가보려나?”

더펄이는 선뜻 일어서서 바랑을 짊어 메다가 꽁보를 바라보았다. 몸이 또 도지는지 불 앞에서 오르르 떨고 있는 것이 퍽이나 측은하였다.

"여보게. 나 혼자 해가 주올 게 불이나 쬐고 거기 있으려나?"

"뭘, 갑시다."

꽁보는 꼬물꼬물 일어서며 바랑을 메었다. 그들은 발로다 불을 비벼 끄고는 거기를 떠났다. 산에, 골을 엇비슷이 돌아 오르는 샛길이 놓였다. 좌우로는 솔, 잣, 밤, 단풍, 이런 나무들이 울창하게 꽉 들어박혔다. 그 밑으로는 자갈, 아니면 불퉁 바위는 예제없이 마냥 뒹굴었다. 한 갓 시커먼 그 암흑 속을 그들은 더듬고 기어오른다. 풀숲의 이슬로 말미암아 고의는 축축이 젖었다. 다리를 옮겨 놓을 적마다 철썩철썩 살에 붙으며 찬 기운이 쭉 끼친다. 그리고 모진 바람은 뻔질 불어 내린다. 붕 하고 능글차게 낙엽이 불어 내리다는 빵 하고 되알지게 기를 복 쓴다.

꽁보는 더펄이 뒤를 따라 오르며 달달 떨었다. 이게 지랄인지 난장인지. 세상에 짜장 못 해먹을 건 금점 빼고 다시없으리라. 금이 다 무엇인지, 요 짓을 꼭 해야 한담. 게다가 건뜻[15]하면 서로 두들겨 죽이는 것이 일. 참말이지 금쟁이 치고 하나 순한 놈 못 봤다. 몸이 결릴 적마다 지겹던 과거를 또 연상하며 그는 다시금 몸에 소름이 돋았다. 그러자 맞은편 산 수풀에서 큰 불이 얼른 하였다. '호랑이!' 이렇게 놀라고 더펄이 허리에 가 덥석 달리며,

"저게 뭐유?"

하고 다르르 떨었다.

"뭐?"

"저거, 아니 지금은 없어졌네."

"그게 눈이 어려서 헛거지 뭐야."

---

15) 건뜻하다, 무겁던 마음이나 기분이 풀리어 매우 거뜬하다

더펄이는 씸씸이 대답하고 천연스레 올라간다. 다부진 그 태도에 좀 안심이 되는 듯싶으나 그래도 썩 편치는 못하였다. 왜 이리 오늘은 대고 겁만 드는지 까닭을 모르겠다. 몸은 매시근하고 열로 인하여 입이 바짝바짝 탄다. 이것이 웬만하면 그럴 리 없으련마는,

"자네 안 되겠네, 내 등에 업히게!"

하고 더펄이가 등을 내대일 제, 그는 잠자코 바랑 위로 넙죽 업혔다. 그래도 끽소리 없이 덜렁덜렁 올라가는 더펄이를 굽어보며 실팍한 그 몸이 여간 부러운 것이 아니었다.

불볕 내리는 복중처럼 씨근거리며 이마에 땀이 쫙 흘렀을 그때에야 비로소 더펄이는 산마루턱까지 이르렀다. 꽁보를 내려놓고 땀을 씻으며 후, 하고 숨을 돌린다. 인제 얼마 안 남았겠지. 조금 내려가면 요 아래 있을 것이다.

그들이 이 마을에 들른 것은 바로 오늘 점심 때이다. 지나서 그냥 가려 하다가 뜻하지 않은 주막 주인 말에 귀가 번쩍 띄었던 것이다. 저 산 너머 금점이 있는데 금이 푹푹 쏟아지는 화수분이라고. 요즘에는 화약 허가를 내어 가지고 완전히 일을 하고자 하여 부득이 잠시 휴광중이고, 머지않아 다시 시작할 게다. 그리고 금 도둑을 맞을까 하여 밤낮 구별 없이 감시하는 중이라 하는 것이다.

그러나 이 밤중에 누가 자지 않고 설마, 하고 더펄이는 덜렁덜렁 내려간다. 꽁보는 그 꽁무니를 쿡쿡 찔렀다. 그래도 사람의 일이니 물은 모른다. 좌우 곁으로 살펴보며 살금살금 사리어 내려온다.

그들은 오 분쯤 내리었다. 딴은 커다란 구덩이 하나가 딱 내달았다. 산 중턱에 짚더미 같은 바위가 놓였고 그 옆으로 또 하나가 놓여 가달이 졌다. 그 가운데다 삐듬한 돌 장벽을 끼고 구멍을 뚫은 것이다. 가로는 한 발 좀 못 되고 길이는 약 서 발 가량. 성냥을 그어 대보니 깊이는 네 길이 넘겠다. 함부로 쪼아 먹은 구뎅이라 꺼칠한 놈이 군버력도 똑똑히 못 치웠다. 잠채를 염려하여 그랬으리라. 사다리는 모조리 떼가고 밍숭밍숭한 돌 벽이 있을 뿐이다.

그들은 다시 한 번 사방을 둘레둘레 돌아보았다. 지척을 분간키 어려우나 필경 사람은 없을 것이다. 마음을 놓고 바랑에서 관솔을 꺼내어 불을 대렸다. 더펄이가 먼저 장벽에 엎디어 뒤로 기어 내린다. 꽁보는 불을 들고 조심성 있게 참참이 내려온다. 한 길쯤 남았을 때 그만 발이 찍 하고 더펄이는 떨어졌다. 꿍하고 무던히 골탕은 먹었으나 그대로 쓱싹 일어섰다. 동이 트기 전에 얼른 금을 따야 될 것이다.

"여보게 아우, 나는 어딜 따랴나?"

"글쎄유…… 가만히 기슈."

아우는 불을 들이대고 줄 맥을 한번 쭉 훑었다.

금점(金店, 금을 캐내는 광산.) 일에는 난다 긴다 하는 아달맹이(알맹이, 또는 안성맞춤) 금쟁이였다. 썩 보더니 복판에는 동이 먹어 들어가고 양편 가생이(가장자리)로 차차 줄이 생하는 것을 알았다.

"성님은 저편 구석을 따우."

아우는 이렇게 지시하고 저는 이쪽 구석으로 왔다. 그러나 차마 그 틈바귀로 들어갈 생각이 안 난다. 한 길이나 실히 되도록 쌓아 올린 동발이 금방 넘어올 듯이 위험했다. 밑에는 좀 잔돌로 쌓으나 그 위에는 제법 굵직굵직한 놈들이

얹혔다. 이것이 무너지면 깩 소리도 못 하고 치여 죽는다.

꽁보는 한참 생각했으되 별수 없다. 낯을 찌푸려 가며 바랑에서 망치와 타래 징을 꺼내 들었다. 그런데 어떻게 파먹은 놈이게 움푹이 들어간 것이 일커녕 몸 하나 놓을 데가 없다. 마지못해 두 다리를 동발께로 쭉 뻗고 몸을 그 홈패기에 착 엎디어 망치질을 하기 시작하였다.

돌에 뚫린 석혈 구덩이라 공기는 더욱 퀭하였다. 징 때리는 소리만 양쪽 벽에 무겁게 부딪친다.

'팡! 팡!' 이렇게 몹시 귀를 울린다.

거반 한 시간이 넘었다. 그들은 버력 같은 만감 이외에 아무것도 얻지 못했다. 다시 오 분이 지난다. 십 분이 지난다. 딱 그때다.

꽁보는 땀을 철철 흘리며 좁다란 그 틈에서

감 하나를 손에 따 들었다. 헐 없이 작은 목침 같은 그런 돌멩이를. 엎드린 그 채 불빛에 비치어 가만히 뒤져 보았다. 번들번들한 놈이 그 광채가 되우 혼란스럽다. 혹시 연철이나 아닐까. 그는 돌 위에 눕혀 놓고 망치로 두드리며 깨보았다. 좀체 하여서는 쪽이 잘 안 나갈 만치 쭌둑쭌둑한 금돌! 그는 다시 집어 들고 눈앞으로 바싹 가져오며 실눈을 떴다. 얼마를 뚫어지게 노려보았다. 무작정으로 가슴은 뚝딱거리고 마냥 들렌다. 이 돌에 박힌 금만으로도, 모름 몰라도 하치 열 냥쭝은 넘겠지.

'천 원! 천 원!'

"그 뭔가, 뭐야?"

더펄이는 이렇게 허둥지둥 달려들었다.

"노다지!"

하고 풀 죽은 대답.

"으으응, 노다지?"

하기 무섭게 더펄이는 우뻑지뻑 그 돌을 받아 들고 눈에 들이댄다. 척척 휠만치 들어박힌 금, 우리도 이젠 팔자를 고치누나! 그는 껍적껍적16) 엉덩춤이 절로 난다.

"이리 나오게, 내 땀세."

그는 아우의 몸을 번쩍 들어내 놓고 제가 대신 들어간다. 역시 동발께로 다리를 쭉 뻗고는 그 틈바귀에 덥석 엎디었다. 몸이 워낙 커서 좀 둥개이나 아무렇게도 아우보다 힘이 낫겠지. 그 좁은 틈에 타래 징을 꽂아 박고, 식식하고 망치로 때린다. 꽁보는 그 앞에 서서 시무룩 허니 흥이 지었다. 금점 일로 할지면 제가 선생님이요, 형은 제 지휘를 받아 왔던 것이다. 뭘 안다고 풋둥이가 어줍대는가, 돌 쪽 하나 변변히 못

16) 껍적껍적, 방정맞게 자꾸 함부로 까불거나 잘난 체 하는 모양.

떼낼 것이…… 그는 형의 태도가 심상치 않음을 얼핏 알았다. 금을 보더니 완연히 변한다.

"저 곡괭이 좀 집어 주게."

형은 고개도 아니 들고 소리를 뻑 지른다.

아우는 잠자코 대꾸도 아니 한다. 사람을 너무 얕보는 그 꼴이 썩 아니꼬웠다.

"아 이 사람아, 곡괭이 좀 얼른 집어 줘, 왜 저리 정신없이 섰나."

그리고 눈을 딱 부릅뜨고 쳐다본다. 아우는 암말 않고 저편 구석에 놓인 곡괭이를 집어다 주었다. 그리고 우두커니 다시 섰다. 형이 무람없이 굴면 굴수록 그것은 반드시 시위에 가까웠다. 힘이 좀 있다고 주제넘게 꺼떡이는 그 화상이야 눈 허리가 시면 시었지 그냥은 못 볼 것이다.

"또 땄네, 내 기운이 어떤가?"

형은 이렇게 주적거리며 곡괭이를 연상 내려 찍는다. 마치 죽통에 덤벼드는 돼지 모양이다. 억척스럽게도 손 뼘만 한 감을 두 쪽이나 따냈다. 인제는 악이 아니면 세상없어도 더는 못 딸 것이다.

'엑! 엑! 엑!' 그래도 억센 주먹에 굳은동이 다 벌컥벌컥 나간다.

제힘을 되우 자랑하는 형을 이윽히 바라보니 또한 그 속이 보인다. 필연코 이 노다지를 혼자 먹으려고 하는 것이다. 하면 내가 있는 것을 몹시 꺼리겠지 하고 속을 태운다.

"이것 봐, 자네 같은 건 골백 와야 소용없네."

하고 또 뽐낼 제 가슴이 선뜩하였다. 앞서는 형의 손에 목숨을 구해 받았으나 이번에는 같은 산골에서 그 주먹에 명을 도로 끊을지도 모른다. 그는 형의 주먹을 가만히 내려 보다가 가엾이도 앙상한 제 주먹에 대조하여 보지 않을 수 없다. 그러나 다만 속이 바르르 떨릴 뿐이다.

그러나 꽁보는 기겁을 하여 놀라며 뒤로 물러섰다. 어이쿠! 하고 불시의 비명과 아울러 와르르하였다. 쌓아 올린 동발이 어찌하다 중턱이 헐리었다. 모진 돌들은 더펄이의 장딴지며, 넓적다리, 엉덩이까지 그대로 엎눌렀다. 살은 물론 으스러졌으리라. 그는 엎으러진 채 꼼짝 못하고 아픔에 못 이기어 끙끙거린다. 하나 죽질 않기만 요행이다. 바로 그 위의 공중에는 징그럽게 커다란 돌들이 내려 구르자 그 밑을 받친 불과 조그만 조각돌에 걸리어 미처 못 굴러 내리고 간댕거리는 것이었다. 이 돌만 내려치면 그 밑의 그는 목숨은 고사하고 윽살이 될 것이다.

"여보게, 내 몸 좀 빼주게."

형은 몸은 못 쓰고 죽어 가는 목소리로 애원한다. 그리고 또,

"아우, 나 죽네, 응?"

하고 더욱 애를 끓으며 빌붙는다. 고개만 겨우 들었을 따름 그 외에는 손조차 자유를 잃은 모양 같다.

아우는 무너지려는 동발을 쳐다보며 얼른 그 머리맡으로 다가선다. 발 앞에 놓인 노다지 세 쪽을 날쌔게 손에 잡자 도로 얼른 물러섰다. 그리고 눈물이 흐른 형의 얼굴은 돌아도 안 보고 그 발로 허둥지둥 장벽을 기어오른다.

"이놈아!"

너머 기어올라 벼락같이 악을 쓰는 호통이 들리었다. 또 연하여 우지끈 뚝딱, 하는 무서운 폭성이 들리었다. 그것은 거의 거의 동시의 일이었다. 그러고는 좀 와스스 하다가 잠잠하였

다.

그때는 벌써 두 길이나 넘어 아우는 기어올랐다. 굿문까지 다 나왔을 제 그는 머리만 내밀어 사방을 두리번거리다 그림자까지 사라진다.

더펄이의 형체는 보이지 않는다. 침침한 어둠 속에 단지 굵은 돌멩이만이 짝 흩어졌다. 이쪽 마구리의 타다 남은 화롯불은 바야흐로 질 듯, 질 듯 껌벅거린다. 그리고 된 바람이 애, 하고는 굿문께서 모래를 쫘륵쫘륵 들이 뿜는다.